照我思索，能理解我；

照我思索，可认识人。

烛虚

沈从文 著

作家出版社

图书在版编目（CIP）数据

烛虚 / 沈从文著. — 北京：作家出版社，2018.8

ISBN 978-7-5212-0166-6

I. ① 烛… II. ① 沈… III. ① 散文集 — 中国 — 现代

IV. ①I266

中国版本图书馆CIP数据核字（2018）第187942号

烛虚

作　　者：沈从文

责任编辑：丁文梅

装帧设计：mirrosen.com

出版发行：作家出版社

社　　址：北京农展馆南里10号　　　　邮　　编：100125

电话传真：86-10-65930756（出版发行部）

　　　　　86-10-65004079（总编室）

　　　　　86-10-65015116（邮购部）

E-mail:zuojia@zuojia.net.cn

http://www.haozuojia.com（作家在线）

印　　刷：环球东方（北京）印务有限公司

成品尺寸：140×200

字　　数：128千字

印　　张：8

版　　次：2018年10月第1版

印　　次：2018年10月第1次印刷

ISBN 978-7-5212-0166-6

定　　价：39.80元

目录 contents

— ● 烛虚 ● —

昆明冬景	001
云南看云	009
烛虚	017
潜渊	050
水云	058
生命	106
绿魇	110
黑魇	142
白魇	156
青色魇	167
摘星录	184
看虹录	218
怀昆明	239

昆明冬景

（又名《在昆明的时候》）

　　新居移上了高处，名叫北门坡，从小晒台上可望见北门门楼上用虞世南体写的"望京楼"的匾额。上面常有武装同志向下望，过路人马多，可减去不少寂寞。住屋前面是个大敞坪，敞坪一角有杂树一林。尤加利树瘦而长，翠色带银的叶子，在微风中荡摇，如一面一面丝绸旗帜，被某种力量裹成一束，想展开，无形中受着某种束缚，无从展开。一拍手，就常常可见圆头长尾的松鼠在树枝间惊窜跳跃。这些小生物又如把本身当成一个球，在空中抛来抛去，俨然在这种抛掷中，能够得到一种快乐，一种从行为中证实生命存在的快乐。且间或稍微休息一下，四处顾望，看看它这种行为能不能够引起其他生物的注意。或许会发现，原来一切生物都各有它的心事。那个在晒台上拍手的人，眼光已离开尤加利树，向天空凝眸了。天空一片明蓝，别无他物。这也就是生物中之一种，"人"，多数人中一种人对于生命存在的意义，他的想象或情感，目前正在不可见的一种树枝间攀缘跳跃，同样略带一点惊惶、一点不安，在时间上转移，由彼到此，始终不息。他是三月前由沅陵独自坐了二十四天的公路汽车来到昆明的。

敞坪中妇人孩子虽多，对这件事却似乎都把它看得十分平常，从不曾有谁将头抬起来看看。昆明地方到处是松鼠。许多人对于这小小生物的知识，不过是把它捉来卖给"上海人"，值"中央票子"两毛钱到一块钱罢了。站在晒台上的那个人，就正是被本地人称为"上海人"，花用中央票子，来昆明租房子住家工作过日子的。住到这里来近于凑巧，因为凑巧反而不会令人觉得稀奇了。妇人多受雇于附近一个小小织袜厂，终日在敞坪中摇纺车纺棉纱。孩子们无所事事，便在敞坪中追逐吵闹，拾捡碎瓦小石子打狗玩。敞坪四面是路，时常有无家狗在树林中垃圾堆边寻东觅西，鼻子贴地各处闻嗅，一见孩子们蹲下，知道情形不妙，就极敏捷地向坪角一端逃跑。有时只露出一个头来，两眼很温和地对孩子们看着，意思像是要说："你玩你的，我玩我的，不成吗?"有时也成。那就是一个卖牛羊肉的，扛了个木架子，带着官秤、方形的斧头、雪亮的牛耳尖刀，来到敞坪中，搁下架子找寻主顾时。妇女们多放下工作，来到肉架边讨价还钱。孩子们的兴趣转移了方向，几只野狗便公然到敞坪中来。先是坐在敞坪一角便于逃跑的地方，远远地看热闹。其次是在一种试探形式中，慢慢地走近人丛中来。直到忘形挨近了肉架边，被那羊屠户见着，扬起长把手斧，大吼一声"畜生，走开!"方肯略略走开，站在人圈子外边，用一种非常诚恳非常热情的态度，略微偏着颈，欣赏肉架上的前腿后腿，以及后腿末端那条带毛小羊尾巴和搭在架旁那些花油。意思像是觉得不拘什么地方都很好，都无话可说，因此它不说话。它在等待，无望无助地等待。照例妇人们在集群中向羊屠户连嚷带笑，加上各种"神明在上，报应分明"的誓语，这一个证明实在赔了本，那一个证明买了它家用的秤并不大，好好歹歹做成了交易，过了秤，数了钱，得钱的走路，得肉的进屋里去，把肉挂在悬空钩子上。孩子们也随同进到屋里去时，这些狗方趁空走近，把鼻子贴在先前一会儿搁肉架的地面闻嗅闻嗅。或得到点骨肉碎渣，一口咬住，就忙匆匆向敞坪空处跑去，或向尤加利树下跑去。树上正有松鼠剥果子吃，果子掉落地上。"上海人"走过来拾起嗅嗅，有"万金油"气味，微辛而芳馥。

早上六点钟，阳光在尤加利树高处枝叶间敷上一层银灰光泽。空气寒冷而清爽。敞坪中很静，无一个人，无一只狗。几个竹制纺车瘦骨伶仃地搁在一间小板屋旁边。站在晒台上望着这些简陋古老工具，感觉"生命"形式的多方。敞坪中虽空空的，却有些声音仿佛从敞坪中来，在他耳边响着。

"骨头太多了，不要这个腿上大骨头。"

"嫂子，没有骨头怎么走路？"

"曲蟮有不有骨头？"

"你吃曲蟮？"

"哎哟，菩萨。"

"菩萨是泥的木的，不是骨头做成的。"

"你毁佛骂佛，死后入三十三层地狱，磨石碾你，大火烧你，饿鬼咬你。"

"活下来做屠户，杀羊杀猪，给你们善男信女吃，做赔本生意，死后我会坐在莲花上，直往上飞，飞到西天一个池塘里洗个大澡，把一身罪过一身羊臊血腥气洗得干干净净！"

"西天是你们屠户去的？做梦！"

"好，我不去，让你们去。我们做屠户的都不去了，怕你们到那地方肉吃不成！你们都不吃肉，吃长斋，将来西天住不下，急坏了佛爷，还会骂我们做屠户的不会做生意。一辈子做赔本生意，不光落得人的骂名，还落个佛的骂名。肉你不要，我拿走。"

"你拿走好！肉臭了看你喂狗吃。"

"臭了我就喂狗吃，不很臭，我把人吃。红焖好了请人吃，还另加三碗苞谷烧酒，怕不有人叫我做伯伯、舅舅、干老子。许我每天念《莲花经》一千遍，等我死后坐朵方桌大金莲花到西天去！"

"送你到地狱里去，投胎变一只蛤蟆，日夜呱呱呱呱叫。"

"我不上西天，不入地狱。忠贤区区长告我说，姓曾的，你不用卖肉了吧，你住忠贤区第八保，昨天抽壮丁抽中了你，不用说什么，到湖南打仗去。你个子长，穿上军服排队走在最前头，多威武！我说好，什么时候要我去，我就去。我怕无常鬼，日本鬼子我不怕。派定了我，要我姓曾的去，我一定去。"

"××××××××。"

"我去打仗，保卫武汉三镇。我会打枪，我亲哥子是机关枪队长！他肩章上有三颗星，三道银边！我一去就要当班长，打个胜仗，我就升排长。打到北平去，赶一群绵羊回云南来做生意，真正做一趟赔本生意！"

接着，便又是这个羊屠户和几个妇人各种赌咒的话语。坪中一切寂静。远处什么地方有军队集合、下操场的喇叭声音，在润湿空气中振荡。静中有动。他心想："武汉已陷落三个月了。"

屋上首一个人家白粉墙刚刚刷好，第二天，就不知被谁某一个克尽厥职的公务员看上了，印上十二个方字。费很多想象把意思弄清楚了。只中间一句话不大明白——"培养卫生"。好像是错了两个字。这是小事。然而小事若弄得使人糊涂，不好办理，大处自然更难说了。

带着小小铜项铃的瘦马，驮着粪桶过去了。

一个猴子似瘦脸嘴人物，从某个人家小小黑门边探出头来，喊"娃娃，娃娃"。娃娃不回声。他自言自语说道："你哪里去了？吃屎去了？"娃娃年纪已经八岁，上了学校，可是学校因疏散下了乡，无学校可上，只好终日在敞坪煤堆上玩。"煤是哪里来的？""地下挖来的。""做什么用？""可以烧火。"娃娃知道的同一些专门家知道的相差并不很远。那个"上海人"心想："你这孩子，将来若可以升学，无妨入矿冶系。因为你已经知道煤炭的出处和用途。好些人就因那么一点知识，被人称为专家，活得很有意义！"

娃娃的父亲，在儿子未来发展上，却老做梦，以为长大了应当做设治局长、督办。照本地规矩，当这些差事很容易发财。发了财，买下对门某家那栋房子。"上海人"越来越多，租房子肯出大价钱，押租又多。放三分利，利上加利，三年一个转。想象因之丰富异常。

做这种天真无邪好梦的人恐怕正多着。这恰好是一个地方安定与繁荣的基础。

提起这个会令人觉得痛苦，是不是？不提也好。

因为你若爱上了一片蓝天、一片土地和一群忠厚老实人，你一定将不由自主地嚷："这不成！这不成！天不辜负你们这群人，你们不应当自弃，不应当！得好好地来想办法！你们应当得到的还要多，能够得到的还要多！"

于是必有人问："先生，你这是什么意思？在骂谁？教训谁？想煽动谁？用意何在？"

问得你莫名其妙，不特对于他的意思不明白，便是你自己本来意思，也会弄糊涂的。话不接头，两无是处。你爱"人类"，他怕"变动"。你"热心"，他"多心"。

"美"字笔画并不多，可是似乎很不容易认识。"爱"字虽人人认识，可是真懂得它的意义的人却很少。

一九三九年二月

云南看云

云南是因云而得名的，可是外省人到了云南一年半载后，一定会和本地人差不多，对于云南的云，除了只能从它变化上得到一点晴雨知识，就再也不会单纯地来欣赏它的美丽了。看过卢锡麟先生的摄影后，必有许多人方俨然重新觉醒，明白自己是生在云南，或住在云南。云南特点之一，就是天上的云变化得出奇。尤其是傍晚时候，云的颜色、云的形状、云的风度，实在动人。

战争给了许多人一种有关生活的教育，走了许多路，过了许多桥，睡了许多床，此外还必然吃了许多想象不到的苦头。然而真正具有深刻教育意义的，说不定倒是明白许多地方各有各的天气，天气不同还多少影响到一点人事。云有云的地方性：中国北部的云厚重，人也同样那么厚重；南部的云活泼，人也同样那么活泼；海边的云幻异，渤海和南海云又各不相同，正如两处海边的人性情不同；河南河北的云一片黄，抓一把下来似乎就可以做窝窝头，云粗中有细，人亦粗中有细；湖湘的云一片灰，长年挂在天空一片灰，无性格可言，然而橘子辣子就在这种地方大量产生，在这种天气下成熟，却给湖南人增加了生命的发展性和进取精神；四川的云与湖南云虽相似而不尽相同，巫峡峨眉夹天耸立，高峰把云分割又加浓，云有了生命，人也有了生命。

论色彩丰富，青岛海面的云应当首屈一指。有时五色相渲，千变万化，天空如展开一张张图案新奇的锦毯。有时素净纯洁，天空只见一片绿玉，别无他物，看来令人起轻快感、温柔感、音乐感。一年中有大半年天空完全是一幅神奇的图画，有青春的嘘息，煽起人狂想和梦想，海市蜃楼即在这种天空下显现。海市蜃楼虽并不常在人眼底，却永远在人心中。秦皇汉武的事业，同样结束在一个长生不死青春常驻的美梦里，不是毫无道理的。云南的云给人印象大不相同，它的特点是素朴，影响到人性情，也应当是挚厚而单纯。

　　云南的云似乎是用西藏高山的冰雪和南海长年的热浪两种原料经过一种神奇的手续完成的。色调出奇地单纯。唯其单纯反而见出伟大。尤以天时晴明的黄昏前后，光景异常动人。完全是水墨画，笔调超脱而大胆。天上一角有时黑得如一片漆，它的颜色虽然异样黑，给人感觉竟十分轻。在任何地方"乌云蔽天"照例是个沉重可怕的象征，云南傍晚的黑云，越黑反而越不碍事，且表示第二天天气必然顶好。几年前，中国古物运到伦敦展览时，记得有一个赵松雪作的卷子，名《秋江叠嶂》，净白的澄心堂纸上用浓墨重重涂抹，给人印象却十分秀美。云南的云也恰恰如此，看来只觉得黑而秀。

　　可是我们若在黄昏前后，到城郊外一个小丘上去，或坐船在滇池中，看到这种云彩时，低下头来一定会轻轻地叹一口气。具体一点将发生"大好河山"感想，抽象一点将发生"逝者如斯"感想。心中可能会觉得有些痛苦，为一片悬在天空中的沉静黑云而痛苦。因为这东西给了我们一种无言之教，比目前政治家的文章、宣传家的讲演、杂感家的讽刺文都高明得多、深刻得多，同时还美丽得多。觉得痛苦原因或许也就在此。那么好看的云，教育了在这一片天底下讨生活的人，究竟是些什么？是一种精深博大的人生理想？还是一种单纯美丽的诗的激情！若把它与地面所见、所闻、所有两相对照，实在使人不能不痛苦！

在这美丽天空下，人事方面，我们每天所能看到的，除了官方报纸虚虚实实的消息、物价的变化、空洞的论文、小巧的杂感，此外似乎到处就只碰到"法币"。大官小官商人和银行办事人直接为法币而忙，教授学生也间接为法币而忙。最可悲的现象，实无过于大学校的商学院，近年每到注册上课时，照例人数必最多。这些人其所以热衷于习经济、学会计，可说对于生命无任何高尚理想，目的只在毕业后能入银行做事。"熙熙攘攘，皆为利往，挤挤挨挨，皆为利来。"教务处几个熟人都不免感到无可奈何。教这一行的教授，也认为风气实不大好。社会研究的专家，机会一来即向银行跑。习图书馆的、弄古典文学的、学外国文学的，工作皆因此而清闲下来，因亲戚、朋友、同乡……种种机会，不少人也像失去了对本业的信心。有子女升学的，都不反对子弟改业从实际出发，能挤进银行或金融机关做办事员，认为比较稳妥。大部分优秀脑子，都给真正的法币和抽象的法币弄得昏昏的，失去了应有的灵敏与弹性，以及对于"生命"较深一层的认识。其余平常小职员、小市民的脑子，成天打算些什么，就可想而知了。云南的云即或再美丽一点，对于那个真正的多数人，还似乎毫无意义可言的。

近两个月来本市连续地警报，城中二十万市民，无一不早早地就跑到郊外去，向天空把一个颈脖昂酸，无一人不看到过几片天空飘动的浮云，仰望结果，不过增加了许多人对于财富得失的忧心罢了。"我的越币下落了""我的汽油上涨了""我的事业这一年发了五十万财""我从公家赚了八万三"，这还是就仅有十几个熟人口里说说的。此外说不定还有三五个教授之流，终日除玩牌外无其他娱乐，想到前一晚上玩麻雀牌输赢事情，聊以解嘲似的自言自语："我输牌不输理。"这种教授先生当然是不输理的，在警报解除以后，不妨跑到老伙伴住处去，再玩个八圈，证明一下输的究竟是什么。一个人若乐意在地上爬，以为是活下来最好的姿势，他人劝他不妨站起来试走走看，或更盼望他挺起脊梁来做个人，当然是不会有什么结果的。

就在这么一个社会这么一种精神状态下，卢先生却来昆明展览他在云南的摄影，告给我们云南法币以外还有些什么值得注意。即以天空的云彩言，色彩单纯的云有多健美、多飘逸、多温柔、多崇高！观众人数多，批评好，正说明只要有人会看云，就能从云影中取得一种诗的感兴和热情，还可望将这种可贵的感情，转给另外一种人。换言之，就是云南的云即或不能直接教育人，还可望由一个艺术家的心与手，间接来教育人。卢先生摄影的兴趣，似乎就在介绍这种美丽感印给多数人，所以作品中对于云物的题材，处理得特别好。每一幅云都有一种不同的性情、流动的美。不纤巧，不做作，不过分修饰，一任自然，心手相印，表现得素朴而亲切，作品取得的成功是必然的。可是我以为得到"赞美"还不是艺术家最终的目的，应当还有一点更深的意义。我意思是如果一种可怕的庸俗的实际主义正在这个社会各组织各阶层间普遍流行，腐蚀我们多数人做人的良心做人的理想，且在同时还像是正在把许多人有形无形市侩化，社会中优秀分子一部分所梦想所希望，也只是糊口混日子了事，毫无一种较高尚的情感，更缺少用这情感去追求一个美丽而伟大的道德原则的勇气时，我们这个民族应当怎么办？大学生读书目的，不是站在柜台边做行员，就是坐在公事房做办事员，脑子都不用，都不想，只要有一碗饭吃就算有了出路。甚至于做政论的、做讲演的、写不高明讽刺文的、习理工的、玩玩文学充文化人的、办党的、信教的……特别是当权做官的，出路打算也都是只顾眼前。大家眼前固然都有了出路，这个国家的明天，是不是还有希望可言？我们如真能够像卢先生那么静观默会天空的云彩、云物的美丽景象，也许会慢慢地陶冶我们，启发我们，改造我们，使我们习惯于向远景凝眸，不敢堕落，不甘心堕落，我以为这才像是一个艺术家最后的目的。正因为这个民族是在求发展，求生存，战争已经三年，战争虽败北，虽死亡万千人民，牺牲无数财富，可并不气馁，相信坚持抗战必然翻身。就为的是这战争背后还有个庄严伟大的理想，使我们对于忧患之来，在任何情形下都能忍受。我们其所以能忍受，不特是我们要发展，要生存，还要为后来者设想，使他们活在这片土地上更好一点，更像人一点！我们责任那么重，那么困难，所以不特多数知识分子必然要有一个较坚朴的人生观，拉之向上，推之向前。就是做生意的，也少不了需要那么一分知识，方能够把企业的发展与国家的发展放在同一目标上，分途并进，异途同归，抗战到底！

举一个浅近的例来说说：我们的眼光注意到"出路""赚钱"以外，若还能够估量到在滇越铁路的另一端，正有多少鬼蜮成性阴险狡诈的敌人，圆睁两只鼠眼，安排种种巧计阴谋，预备把劣货倾销到昆明来，且把推销劣货的责任，派给昆明市的大小商家时，就知道学习注意远处，实在是目前一件如何重要的事情！照相必选择地点，取准角度，方可望有较好效果。做人何尝不是一样。明分际，识大体，"有所不为"，敌人即或花样再多，敌货在有经验商家的眼中，总依然看得出，取舍之间是极容易的。若只图发财，见利忘义，"无所不为"，把劣货变成国货，改头换面，不过是翻手间事！劣货推销不过是若干有形事件中之一种。此外，统治者中上层和知识阶级中不争气处，所作所为，实有更甚于此者。哪一件事、哪一种行为不影响到整个国家前途命运！哪容许我们松劲！

所以我觉得卢先生的摄影，不仅仅是给人看看，还应当给人深思。

烛
虚

一

　　察明人类之狂妄和愚昧，与思索个人的老死病苦，一样是伟大的事业，积极的可以当成一种重大的工作，再消极的也不失为一种有趣的消遣。

　　女子教育在个人印象上，可以引起三种古怪联想：一是《汉书·艺文志》小说部门有本谈胎教的书，名《青史子》，玉函山房辑佚书还保留了一鳞半爪。这部书当秦汉时或者因为篇章完整，不曾被《吕氏春秋》和《淮南子》两部杂书引用。因此小说部门多了这样一部书名，俨然特意用它来讽刺近代人，生儿育女事原来是小说戏剧！二是现藏大英博物院，成为世界珍品之一，相传是晋人顾恺之画的《女史箴图》卷。那个图画的用意，当时本重在注释文辞、教育女子，现在想不到仅仅对于我一个朋友特别有意义。朋友×先生，正从图画上服饰器物研究两晋文物制度以及起居服用生活方式，凭借它方能有些发现与了解。三是帝王时代劝农教民的《耕织图》，用意本在"往民间去"，可是它在皇后妃宫室中的地位，恰如《老鼠嫁女图》在一个平常农民家中的地位，只是有趣而好玩。但到了一些毛子手中时，忽然一变而成中国艺术品，非常重视。这可见一切事物在"时间"下都无固定性。存在的意义，有些是偶然的；存在的价值，多与原来情形不合。

现在四十岁左右的读书人，要他称引两部有关女子教育的固有书籍时，他大致会举出三十年前上层妇女必读的《列女传》和普通女子应读的《女儿经》。五四运动谈解放，被解放了的新式女子，由小学到大学，若问问什么是她们必读的书，必不知从何说起。正因为没有一本书特别为她们写的。即或在普通大学学习历史或教育，能有机会把《列女传》看完，且明白它从汉代到晚清封建社会具有何种价值与意义，一百人中恐不会到五个人。新的没有，旧的不读，这个现象说明一件事情，即大学教育设计中，对于女子教育的无计划。这无计划的现象，实由于缺乏了解不关心而来。在教育设计上俨然只尊重一个空洞言词——"男女平等"，从不曾稍稍从身心两方面对社会适应上加以注意"男女有别"。因此教育出的女子，很容易成为一种庸俗平凡的类型，类型的特点是生命无性格、生活无目的、生存无幻想。一切都表示生物学上的退化现象。在上层社会妇女中，这个表示退化现象的类型尤其显著触目。下面是随手可拾的例子，代表这类型的三种样式。

某太太，是一个欧美留学生，她的出国是因为对妇女解放运动热心"活动"成功的。但为人似乎善忘，回国数年以后，她学的是什么，不特别人不知道，即她自己也仿佛不知道。她就用"太太"名义在社会上讨生活，依然继续两种方式"活动"，即出外与人谈妇女运动，在家与客人玩麻雀牌。她有几个同志，都是从麻雀牌桌上认识的。她生存下来既无任何高尚理想，也无什么美丽目的。不仅对"国家"与"人"并无多大兴趣，即她自己应当如何就活得更有意义，她也从不曾思索过。大家都以为她是一个有荣誉、有地位而且有道德的上层妇女。事实上，她只配说是一个代表上层阶级莫名其妙活下来的女人。

某名媛，家世教育都很好，无可疵议。战争后尚因事南去北来。她的事也许"经济"关系比"政治"关系密切。为人热忱爱国，至少是她在与银行界中人物玩扑克时，曾努力给人造成一个爱国印象。每到南行时，就千方百计将许多金票放在袜子中、书本中、地图中，以及一切可以瞒过税官眼目的隐蔽处。可是这种对于金钱的癖好、处置这个阿堵物的小心处，若与使用它时的方式两相对照，便反映出这个上流妇女愚而贪得与愚而无知到如何惊人程度。她一生主要的兴趣在玩牌，她的教育与门阀，却使她做了国选代表。她虽代表妇女向社会要求应有的权利，她的真正兴趣倒集中在如何从昆明带点洋货过重庆，又如何由重庆带点金子回昆明。

某贵妇人，她的丈夫在社会上素称中坚分子，居领导地位。她毕业于欧洲一个最著名女子学校，嫁后即只做"贵妇"。到昆明来住在用外国钱币计值的上等旅馆，生活方能习惯。应某官僚宴会时，一席值百五十元，一瓶酒值两百元，散席后还照例玩牌到半夜。事后却向熟人说，云南什么都不能吃，玩牌时，输赢不到三千块钱，小气鬼。住云南两个小孩子的衣食用品，利用丈夫服务机关便利，无不从香港买来，可是依然觉得云南对她实在太不方便，且担心孩子无美国橘子吃，会患贫血病，因此住不多久，一家人又乘飞机往香港去了。中国当前是个什么情形，她不明白，她是不是中国人，也似乎不很明白。她只明白她是一个上等人、一个阔人、一个有权势的官太太，如此而已。

这三个上等身份的妇女，在战争期有一个相同人生态度，即消磨生命的方式，唯一只是赌博。竟若命运已给她们注定，除玩牌外生命无可娱乐，亦无可作为。这种现象我们如不能说是命定，想寻出一个原因，就应当说这是五四以来国家当局对于女子教育无计划的表现。学校只教她们读书，并不曾教她们如何做人。家庭既不能用何种方式训练她们，学校对她们生活也从不过问，一离开学校嫁人后，丈夫若是小公务员，两夫妇都有机会成为赌鬼，丈夫成了新贵以后，她们自然很容易变成那样一个类型——软体动物。

五四运动在中国读书人思想观念上，解放了一些束缚，这是人人知道的事情。当初争取这种新的人生观时，表现在文字上行为上，都很激烈很兴奋。都觉得世界或社会既因人而产生，道德和风俗也因人而存在。"重新做人"的意识极强，"人的文学"于是成为一个动人的名词。可是"重新做人"虽已成为一个口号，具尽符咒的魔力。如何重新做人？重新做什么样人？似乎被主持这个运动的人，把范围限制在"争自由"一面，含义太泛，把趋势放在"求性的自由"一方面，要求太窄。初期白话文学中的诗歌、小说、戏剧，大多数只反映出两性问题的重新认识，重新建设一个新观念，这新观念就侧重在"平等"，末了可以说，女人已被解放了。可是表示解放只是大学校可以男女同学自由恋爱。愚而无知的政治上负责者，俨然应用下面观点轻轻松松对付了这个问题：

"要自由平等吧，如果男女同学你们看来就是自由平等，好，照你们意思办。"

于是开放了千年禁例，男女同学。正因为等于在无可奈何情形中放弃固有见解，取不干涉主义，因此对于男女同学教育上各问题，便不再过问。就是说在生理上、社会业务习惯上、家庭组织上，为女子设想能引起注意值得讨论的各种问题，从不做任何计划。换言之，即是在一种无目的的状况中混了八年，由民八到民十六。我们若对过去稍加分析，自然会明白这八年中不仅女子教育如此，整个教育事实上都在拖混情形之中度过。这八年，正是中国近三十年内政最黑暗糊涂时代。

内战不息、军阀割据、贿选卖官、贪赃纳贿，一切都视为极其自然，负责者毫无羞耻感和责任感。北京政府的内政部不发薪，部员就借口扩大交通，拆卖故宫皇城做生活费用。教育部不发薪，部员就主张将京师图书馆藏善本书封存抵押于盐业银行。一切国家机关都俨然和官产处取同一态度，凡经手保管的都可自由处理变卖，不受任何限制。因此雍和宫喇嘛就卖法宝，天坛经管人就卖祭器。故宫有一群太监，民国以后留在京中侍候溥仪，因偷卖东西太多，恐被查出，索性一把火烧去西路大殿两幢灭迹，据估计损失至少值纹银五千万！（后来故宫博物院院长易培基的监守自盗，不过说明这个"北京风气"在国家收藏的文物宝库中，还未去尽罢了。比较起来，是最小一次偷偷摸摸案件，算不得一回事。）当时京畿驻军荒唐跋扈处更不可想象，驻防颐和园西苑的奉军长官，竟随意把附近小山丘上几千棵合抱古柏和沿马路上万株风景树一齐砍伐，给北京城里木行做棺木、充劈柴。到后且把圆明园废墟的大石狮、大石华表、拱形石桥和白石栏杆，甚至于铺垫道的大石条，一律挖抬出卖，给燕京大学盖房子装点风景！大臣卖国，可说是异途同归，目的只在弄几个钱。大家卖来卖去，把屋里摆的、路上砌的、地面长的、地下放的，可卖的无一不卖，北京政府因此也就卖倒了。

北伐后，政府对于高等教育虽定下了一些新章则，并学校、划学区，注意点似乎只重在分配地盘，调整人事，依然不曾注意到一个根本问题，即大学教育有个什么目的？男女同学同教，在十年试验中有些什么得失将待修正？主持教育的最高当局，至多从统计上知道受高等教育的男女人数比较，此外竟似乎别无兴趣可言。直到战前为止，二十年来的男女同学同教，这一段试验时间不为不长，在社会家庭各方面，已发生了些什么影响？两性问题从生理心理两方面研究认识，其他国家又有了些什么新的发现，可以用作参考？关于教学问题上、课程编排上，以及课外生活训练上，实在事事都需要用一个比较细心客观比较科学的态度来处理。尤其是现在国内各地正有数百万壮丁参加抗战，沿江沿海且有数千万民众向西南西北各省迁移。战时的适应与战后的适应对于女子无一不有个空前的变化，也就无一不需要教育负责人，给它一种最大的关心，看出一些问题，重新有个态度，且用极大勇气来试验、米处理。

这个时代像那种既已放弃了好好做人权利的妇人，在她们身份或生活上虽还很尊贵舒适，在历史意义上，实在只是一个废物、一种沉淀。民族新陈代谢工作，对她们已经毫无意义，不足注意。女子教育的对象，无妨把她们抛开。目前国内各处，至少有百万计二十岁左右年轻女子，离开了家庭，在学校做学生，十年后必然还要到社会工作，做主妇，做母亲，都需要一些比当前更进步、更自重的做人知识和更健康、更勇敢的人生观。在受教育时，应有计划地用各种训练方法，输入这种知识和人生观，实在是最高教育当局不能避免的责任。

此外，凡是对于妇女运动具有热诚的人，也应当承认，"改造运动"必较"解放运动"重要，"做人运动"必较"做事运动"重要。我们需要一个新的妇女运动，以"改造"与"做人"为目的。十六岁到二十岁的青年女子，若还有做人的自信心与自尊心，不愿意在十年后堕落到社会常见的以玩牌消磨生命的妇人类型中去，必对于这个改造与做人运动，感到同情，热烈拥护。

我们还希望对于中层社会怀有兴趣的作家，能用一个比较新也比较健康的态度，用青年女子做对象，来写几部新式《青史子》或《列女传》。更希望对通俗文学充满信心的作家，以平常妇女为对象，用同样态度来写几部新式《女儿经》。从去年起始，"民族文学"成为一个应时的口号，若说民族文学有个广泛的含义，主要的是这个民族战胜后要建国，战败后想翻身。那么，这种作品必然成为民族文学最根本的形式或主题。

二

自然既极博大，也极残忍。战胜一切，孕育众生。蝼蚁蚰蜒，伟人巨匠，一样在它怀抱中，和光同尘。因新陈代谢，有华屋山丘。智者明白"现象"，不为困缚，所以能用文字，在一切有生陆续失去意义，本身亦因死亡毫无意义时，使生命之光煜煜照人，如烛如金。作烛虚二。

上星期下午，我过呈贡去看孩子，下车时将近黄昏，骑上了一匹栗色瘦马，向西南田埂走去。见西部天边，日头落处，天云明黄媚人，山色凝翠堆蓝。东部长山尚反照夕阳余光，剩下一片深紫。豆田中微风过处，绿浪翻银，萝卜花和油菜花黄白相间，一切景象庄严而兼华丽，实在令人感动。正在马上凝思时空、生命与自然、历史或文化种种意义，俨然用当前一片光色做媒触剂，引起了许多奇异感想。忽然有两匹马从身后赶上，超过我马头不远，又忽然慢下来了。马上两个二十岁左右大学生模样女子，很快乐地一面咬嚼酸梨，一面谈笑，说的是你吃三个我吃五个一类的话语。末后在前面一个较胖一点的，忽回头把个水淋淋的梨核猛然向同伴抛去。同伴笑着一闪，那梨核就不偏不斜打在我的身上。两个女学生却笑嘻嘻地赶马向前跑了。

××也是一个大学生，年纪二十二岁，在国立大学二年级。关于读书事，连她自己也不大明白，为什么就入了大学英文系。功课还能及格，有一两门学科教员特别认真，就借同学笔记抄抄，写报告时也能勉强及格。她属于中产阶级的近代型女子。样子还相当好看，衣服又能够追随风气，所以在学校就常有男同学称她为"美人"。用"时代轮子转动了，我们一同漂流到这山国来"一类庸俗句子，写一些虽带做作还不失去青春的热与香的信件。可是学校的书本和同学的殷勤都并不引起她多少兴趣。她需要的只是玩一玩，此外都不大关心。出门时也欢喜穿几件比较好看时新的衣服，打扮得体体面面，给人一个漂亮印象。宿舍中衣被可零乱而无秩序，金钱大部分用在吃食，最小部分方用来买书。她也学美术、历史、生物学，这一切知识都似乎只能同考试发生关系，绝不能同生活发生关系。也努力学外国文，最大目的只是能说话同洋人一样，得人赞美，并不想把它当成一个向人类崇高生命追求探索工具。做人无信心、无目的、无理想，正好像二十年前有人为她们争取解放，于是解放了。但事实上她并不知道真正要解放的是什么，因此在年龄相差不多的女同学中，最先解放了一个胃口，随时都需要吃，随处都可以吃。俨若每天任何一时都能够用食物填塞到胃囊中，表示消化力之强；同时象征生命正是需要最少最少的想象、需要最多最多实际事物的年龄。想起她们那个还待解放或已解放的"性"，以及并无机会也好像不大需要解放的"头脑"，使人默然了。

这正是另外一种类型，大凡家中有三五个子侄亲友的，总可以在其中发现那么一个女孩子。引起感想是这些女人旧知识学不了，新知识说不上。一眼看去还好，可不许人想想好在哪里。从这种类型女子说来，上帝真像有点草率处，如果我们不宜把这问题牵引到"上帝"方面去，那就得承认这是"现代教育"的特点，只要她们读书，照二十年前习惯读书。读什么书？有什么用？谁都不大明白。做教育部长或大学教授的、做家长的，且似乎也永远不必须对这个问题明白，或提出一些明智有益的意见。对于人的教育，尤其是和民族最有关系的女子教育，一直到如今还脱不了在因习的自然状态下进行，实在是负责者无知与不负责的表现。

这种现代教育的特点，如果不能引起当局的关心，有计划地来勇敢改造，我们就得自己想办法。这同许多问题差不多，总得有个办法，方能应付"明天"和"未来"！对妇女本身幸福快乐言，若知道关心明天和未来，也方能够把生命有个更合理更有意义的安排。

现代教育特点事实上应当称为弱点，改造运动必须从修正这个弱点着手。修正方法消极方面是用礼貌节制她们的"胃"，积极方面是用书本训练她们的"脑子"。一个新女性，应当是在饮食方面明白自制，在自然美方面还能够有兴致欣赏，且知道把从书本吸收一切人类广泛知识，看成是生命存在的特别权利，不仅仅当作学校或爸爸派定义务。扩大母性爱，对人类崇高美丽观念或现象充满敬慕与倾心，对是非好恶反应特别强，对现社会堕落与腐败能认识，又能避免。对做人兴趣特别浓厚也特别热诚，换言之，就是她既已从旧社会不良习惯观念中解放了出来，便能为新社会建立一个新的人格的标准。她不再是"自然"物，于人类社会关系上，仅仅注定尽生育义务，从这种义务上讨取生活，以得人怜爱为已足。她还应当做一个"人"，用人的资格，好好处理她的头脑，运用到较高文化各方面追求上去，放大她的生命与人格，从书本上吸收，同时也就创造，在生活上学习，同时也就享受。

我们是不是可以希望这种新女性，在这个新社会大学校学生群中陆续发现？形成这个五光十色的人生，若决定于人的意志力，也许我们需要的倒是一种哲学，一种表现这个真正新的优美理想的人生哲学，用它来做土壤，培植中国的未来新女性。

三

看看自己用笔写下的一切，总觉得很痛苦。先以为我为运用文字而生，现在反觉得文字占有了我大部分生命。除此以外，别无所有，别无所余。

重读《月下小景》《八骏图》《自传》，八年前在青岛海边一梧桐树下面，见朝日阳光透树影照地上，纵横交错，心境虚廓，眼目明爽，因之写成各书。二十三年写《边城》，也是在一小小院落中老槐树下，日影同样由树干枝叶间漏下，心若有所悟，若有所契，无滓渣，少凝滞。这时节实无阳光，仅窗口一片细雨，不成烟，不成雾，天已垂暮。

和尚、道士、会员……人都俨然为一切名分而生存，为一切名词的迎拒取舍而生存。禁律益多，社会益复杂，禁律益严，人性即因之丧失净尽。许多所谓场面上人，事实上说来，不过如花园中的盆景，被人事强制曲折成为各种小巧而丑恶的形式罢了。一切所为，所成就，无一不表示对于"自然"之违反，见出社会的拙象和人的愚心。然而所有各种人生学说，却无一不即起源于承认这种种，重新给以说明与界限；更表示对"自然"倾心的本性，有所趋避，感到惶恐。这就是人生，也就是多数人生存下来的意义。

莫泊桑说："平常女子，大多数如有毛萝卜。"平常男子呢，一定还不如有毛萝卜，不过他并不说出。可是这个人，还是得生活在有毛无毛萝卜间数十年，到死为止。生前写了一本书，名叫《水上》，记载他活下来的感想，在有毛无毛萝卜间所见所闻所经验得来的种种感想。那本书恼怒了当时多少衣冠中人，不大明白。但很显然，有些人因此得承认，事实上我们如今还俨然生存在萝卜田地中，附近到处是"生命"，是另外一种也贴近泥土也吸收雨露阳光，可不大会思索更不容许思索的生命。

因为《水上》，使我想起二十年前，在酉水中部某处一个小小码头边一种痛苦印象。有个老兵，那时害了很重的热病，躺在一只破烂空船中喘气等死。只自言自语说："我要死的，我要死的。"声音很沉很悲。当时看来极难受，送了他两个橘子。觉得甚不可解，为什么一个人要死？是活够了还是活厌了？过了一夜，天明后再去看看，人果然已经死了，死去后身体显得极瘦小，好像表示不愿意多占活人的空间。下陷的黑脸上有两只麻蝇爬着。橘子尚好好搁在身边。一切静寂，只听到水面微波嚼咬船板细碎声音。这个"过去"，竟好好地保留在我印象中，活在我的印象中。

在他人看来，也许有点不可解，因为我觉得这种寂寞的死，比在城市中同一群莫名其妙的人热闹的生，倒有意义得多。

死既死不成，还得思活计。

驻防在陕西的朋友×××来信说："你想来这里，极表欢迎。我已和×将军说过了，来时可以十分自由，看你要看的，写你想写的。"我真愿意到黄河岸边去，和短衣汉子坐土窑里，面对汤汤浊流，寝馈在炮火铁雨中一年半载，必可将生命化零为整，单单纯纯地熬下去，走出这个琐碎、懒惰、敷衍、虚伪的衣冠社会，一分新的生活，或能够使我从单纯中得到一点新的信心。

四

吴稚晖先生说笑话，以为"人虽由虫豸进化而来，但进化到有灰白色脑髓质三斤十二两后，世界便大不相同。世界由人类处理，人自己也好好处理了自己"。其实这三斤多脑髓在人类中起巨大作用，还只是近百年来事情。至于周口店的猿人，头脑虽已经相当大，驾驭物质，征服自然，通说不上。当时日常生活，不过是把石头敲尖磨光，绑在一根木棒上，捉打懦弱笨小一点生物，茹毛饮血过日子罢了。论起求生工具精巧灵便自由洒脱时，比一只蝴蝶穿得花枝招展，把长长的吸管向花心吮蜜，满足时一飞而去，事实上就差多了。但人之所以为人，也就在此。人类求生并不是容易事，必在能飞、能潜、能啮、能螫、能跑、能跳、能钻入地里、能寄生在别的生物身上，在一群大小不一生物中努力竞争，方能支持生命。在各种困苦艰难中训练出了一点能力，把能力扩大、延长，才有今日。

这么努力，正好像有点为上天所忌，所以在人类中直到如今，尚保留了两种本能：一种是好斗本能，一种是懒惰本能。好斗与求生有密切关系。但好斗与愚蠢在情绪上好像又有种稀奇接合。换言之，就是古代斗的方式用于现代，常常不可免成为愚行。因此人固然产生了近代文明，然而近代文明也就大规模毁灭人的生命（战胜者同样毁灭）。这成毁互见，可说是自然恶作剧事例之一。懒惰也似乎与求生不可分，即生命的新陈代谢，需要有个秩序安排，方能平均。有懒惰方可产生淘汰，促进新陈代谢作用。这世界若无一部分人懒惰，进步情形必大大不同，说不定会使许多生物都不能同时存在。即同属人类，较幼弱者亦恐无机会向上。即属同一种族，优秀而新起的，也不容易抬头。这可说是自然小聪明处另外一面。

好斗本能与愚行容易相混，大约是"工具"与"思想"发展不能同时并进的结果。是一时的现象，将来或可望改变。最大改变即求种族生存，不单纯诉诸武力与武器。另外尚可望发明一种工具，至少与武力武器有平行功效的工具。这工具是抽象的观念，非具体的枪炮。至于懒惰本能，形成它的原因，大致如下：即人虽与虫豸起居生活截然不同，脑子虽比多数生物分量重、花样多，但基本的愿望，多数还是与低级生物相去不多远，要生存，要发展。易言之，即是要满足食与性。所愿不深，容易达到，故易满足，自趋懒惰。一个民族中懒惰分子日多，从生物观点上说，不算是件坏事，从社会进步上说，也就相当可怕。但这种分子若属知识阶级，倒与他们所学"人为生物之一"原则相合。因为多数生物，能饱吃好睡，到性周期时生儿育女不受妨碍，即可得到生存愉快。人类当然需要这种安逸的愉快，不过知识积累，产生各样书本，包含各种观念，求生存图进步的贪心，因知识越多，问题也就越多。读书人若使用脑子，尽让这些事在脑子中旋转不已，会有多少苦恼、多少麻烦！事情显然明白，多数的读书人，将生命与生活来做各种抽象思索，对于他的脑子是不大相宜的。这些人大部分是因缘时会，或袭先人之余荫，虽在国内国外读书一堆，知识上已成"专家"后，在做人意识上，其实还只是一个单位，一种"生物"。只要能吃、能睡，且能生育，即已满足愉快，并无何等幻想或理想推之向上或向前。尤其是不大愿因幻想理想而受苦，影响到已成习惯的日常生活太多。平时如此，即在战时，自然还是如此。生活下来，俨然随时随处都可望安全而自足。为的是生存目的，只是目下安全而自足。罗素说"远虑"是人类的特点，其实远虑只是少数又少数人的特点，这种近代教育培养成的知识阶级，大多数是无足语的！

人当然应像个生物。尽手足勤劳贴近土地，使用锄头犁耙做工具以求生，是农民便更像一个生物的例子。至于知识分子呢，只好用他们玩牌兴趣嗜好来做说明了。照道理说来，这些人是已因抽象知识的增多，与生物的单纯越离越远的。但这些人却以此为不幸、为痛苦，实在也是不幸痛苦，所以就有人发明麻雀牌和扑克牌，把这些人的有用脑子转移到与人类进步完全不相干的小小得失悲欢上去。这么一来，这些上等人就不至于为知识所苦，生活得很像一个"生物"了。不过话说回来，若有人把这个现象从深处发掘，认为他们这点求娱乐习惯，是发源于与虫豸"本能"一致的要求时，他们却常常会感到受讽刺而不安。只是这不安事实上并不能把玩牌兴趣或需要去掉，亦不过依然是三四个人在牌桌旁发发牢骚罢了。为的是虫豸在习惯上比人价值低得多，所以有小小不安，玩牌在习惯上已成为上等人一种享乐，所以还是继续玩牌。

对于读书人玩牌的嗜好，我并不像许多老年人看法简单，以为是民族"堕落"问题。我只觉得这是一个"懒惰"现象，而且同时还承认是一个"自然"现象。因为这些人已能靠工作名分在社会有吃、有穿，做工作事都有个一定时间，只要不误事就不会受淘汰。受的既是普通所说近代教育，思想平凡而自私，根本上又并无什么生活理想，剩余生命的耗费，当然不是用扑克牌就是用麻雀牌。懒惰结果，从全个民族精力使用方式上来说，大不经济，但由这些上等人个人观点说，却好像是很潇洒而快乐的。由于这么一来，一面他是在享受自由承平时代公民的权利，一面他不思不想，可以更像一个生物（于此我们正可见出上帝之巧慧）。

譬如有一人，若超越习惯心与眼，对这种知识分子活在当前情形下，加以权利义务的检视，稍稍对于他们的生活观念与生活习惯感到怀疑和不敬，引起的反应，还是不会好。反应方式是这些人必一面依然玩牌，一面生气："你说我是虫豸，我倒偏要如此，你不玩牌，做圣人去好了。"于是大家一阵哈哈大笑起来，桃花杏花，皇后王子，换牌洗牌，纠纷一团，时间也就过去了。或者意犹未平，就转述一点属于那个人的不相干谣言，抵补自己情绪上的损失，说到末了，依然一阵大笑。单纯生气，恼羞成怒，尚可救药。因为究竟有一根看不见的小刺签在这些知识分子的心上，刺虽极小，总得拔去。若只付之一笑，就不免如古人所说，"日光之下无新事"，当然一切还是照旧。

不知何故，这类小事细细想来，也就令人痛苦。我纵把这种懒惰本能解释为自然意思，玩牌又不过是表示人类求愉快之一种现象，还是不免痛苦。正因为我们还知道这个民族目前或将来想要与其他民族竞争生存，不管战时或承平，总之懒惰不得的。不特有许多事要人去做，还有许多事要人去想。而且事情居多是先要人想出一个条理头绪，方能叫人去做。一懒惰就糟糕！目下知识分子中的某些人，若能保留罗素所谓人类"远虑"长处多一些，岂不很好？眼见的是这种"人之师"，就无什么方法可以将他们的生活观重造，耗费剩余生命方式还只会玩牌，更年轻一点的呢，且有从先生们剪花样造就自己趋势。

我们怎么办？是顺天体道，听其自然，还是不甘灭亡，另做打算？我们似乎还需要一些不能安于目前生活习惯与思想形式又不怕痛苦的年轻读书人，或由于"远虑"，或由于"好事"，在一个较新观点上活下来，第一件事是能战胜懒惰。我们对于种族存亡的远虑，若认为至少应当如虫豸对于后嗣处理的谨慎认真，会觉得知识分子把一部分生命交给花骨头和花纸，实在是件可怕和可羞事情。

"怕"与"羞"两个字的意义，在过去时代，或因鬼神迷信与性的禁忌，在年轻人情绪上占有一个重要位置。三千年民族生存与之不无关系。目下这两字意义却已大部分丢去了。所以使读书人感觉某种行为"可怕"或"可羞"，在迷信、禁忌以及法律以外产生这种感觉，实在是一种艰难伟大的工作，要许多有心人共同努力，方有结果。文学、艺术，都得由此出发。可是这问题目下说来，正像痴人说梦，正因为所谓有心人的意识上，对许多事也就只是糊糊涂涂，马马虎虎，功利心切，虚荣心大，不敢向深处思索，俨然唯恐如此一来，就会溺死在自己思想中。抄抄撮撮，读书教书，轻松写作之余，还是乐意玩三百分数目散散心，生命相抵相销，末了等于一个零。

我似乎正在同上帝争斗。我明白许多事不可为，努力终究等于白费。口上沉默，我心并不沉默。我幻想在未来读书人中，还能重新用文学艺术激起他们"怕"和"羞"的情感，因远虑而自觉，把玩牌一事看成唯有某种无用废人（如像老妓女一类人）方能享受的特有娱乐。因为这些人到晚年实在相当可悯，已够令人同情了，这些人生活下来，脑子不必多所思索，尽职之余，总得娱乐散心，玩牌便是这些人最好散心工具。我那么想，简直是在同人类本来惰性争斗，同上帝争斗。

五

　　说他人不如说自己，记人事不如记心情，试从《三星在户》杂记中摘抄若干则，作烛虚五。

　　书本给我的启示极多。我欢喜《新约·哥林多书》记的一段：

　　我认得一个在基督里的人……我认得这人，或在身内，或在身外，我都不知道，只有神知道。他被提到乐园里，听见隐秘的言语，是人不可说的。为这人，我要夸口。但是我为自己，除了我的软弱以外，我并不夸口。

——《哥林多书》十二章四〇四页

办事处小楼上隔壁住了个木匠，终日锤子凿子，敲敲打打，声音不息。可是真正吵闹到我不能构思、不能休息的，似乎还是些无形的事物 —— 一片颜色、一闪光、在回想中盘旋的一点笑和怨，支吾与矜持，过去与未来。

为了这一切，上帝知道我应当怎么办。

我需要清静，到一个绝对孤独环境里去消化消化生命中具体与抽象。最好去处是到个庙宇前小河旁边大石头上坐坐，这石头是被阳光和雨露漂白磨光了的。雨季来时，上面长了些绿绒似的苔类。雨季一过，苔已干枯了，在一片未干枯苔上正开着小小蓝花白花，有细脚蜘蛛在旁边爬。河水从石罅间漱流，水中石子蚌壳都分分明明。石头旁长了一株大树，枝干苍青，叶已脱尽。我需要在这种地方，一个月或一天。我必须同外物完全隔绝，方能同"自己"重新接近。

黄昏时，闻湖边人家竹园里有画眉鸣啭，使我感觉悲哀。因为这些声音对于我实在极熟习，又似乎完全陌生。

二十年前，这种声音常常把我灵魂带向高楼大厦灯火辉煌的城市里，事实上那时节我却是个小流氓，正坐在沅水支流一条小河边大石头上，面对一派清波做白日梦。如今居然已生活在二十年前的梦境里，而且感到厌倦了，我却明白了自己，始终还是个乡下人，但与乡村已离得很远很远了。

二十八年五月五日

我发现在城市中活下来的我，生命俨然只淘剩一个空壳。正如一个荒凉的原野，一切在社会上具有商业价值的知识种子，或道德意义的观念种子，都不能生根发芽。个人的努力或他人的关心，都无结果。试仔细加以注意，这原野可发现一片水塘泽地、一些瘦小芦苇、一株半枯柽柳、一具死兽的骸骨、一只干田鼠，泽地角隅尚开着一丛丛小小白花紫花（报春花），原野中唯一的春天。生命已被"时间""人事"剥蚀快尽了。天空中鸟也不再在这原野上飞过投个影子。生存俨然只是烦琐继续烦琐，什么都无意义。

百年后也许会有一个好事者，从我这个记载加以检举，判案似的说道："这个人在若干年前已充分表示厌世精神。"要那么说，就尽管说好了，这于我是不相干的。

事实上我并不厌世。人生实在是一本大书，内容复杂，分量沉重，值得翻到个人所能翻看到的最后一页，而且必须慢慢地翻。我只是翻得太快，看了些不许看的事迹。我得稍稍休息，缓一口气！我过于爱有生一切，爱与死为邻，我因此常常想到死。在有生中我发现了"美"，那本身形与线即代表一种最高的德行，使人乐于受它的统治、受它的处置。人的智慧无不由此影响而来。典雅辞令与华美文学与之相比都见得黯然无光，如细碎星点在朗月照耀下同样黯然无光。它或者是一个人、一件物、一种抽象符号的结集排比，令人都只想低首表示虔敬。阿拉伯人在沙漠中用嘴唇触地，表示皈依真主，情绪和这种情形正复相同，意思是如此一来，虽不曾接近上帝真主，至少已接近上帝造物。

这种美或由上帝造物之手所产生，一片铜、一块石头、一把线、一组声音，其物虽小，可以见世界之大，并见世界之全。或即"造物"，最直接最简便那个"人"。流星闪电刹那即逝，即从此显示一种美丽的圣境，人亦相同。一微笑、一皱眉，无不同样可以显出那种圣境。一个人的手足眉发在此一闪即逝缥缈的印象中，即无不可以见出造物者之手艺无比精巧。凡知道用各种感觉捕捉住这种美丽神奇光影的，此光影在生命中即终生不灭。但丁、歌德、曹植、李煜，便是将这种光影用文字组成形式保留得比较完整的几个人。这些人写成的作品虽各不相同，所得启示必中外古今如一，即一刹那间被美丽所照耀、所征服、所教育是也。

"如中毒，如受电，当之者必喑哑萎悴，动弹不得，失其所信所守。"美之所以为美，恰恰如此。

我好单独，或许正希望从单独中接近印象里未消失那一点美。温习过去，即依然能令人神智清明、灵魂放光，恢复情感中业已失去甚久之哀乐弹性。

五月十日

宇宙实在是个极复杂的东西，大如太空列宿，小至蚍蜉蝼蚁，一切分裂与分解，一切繁殖与死亡，一切活动与变易，俨然都各有秩序，照固定计划向一个目的进行。然而这种目的，却尚在活人思索观念边际以外，难以说明。人心复杂，似有过之无不及。然而目的却显然明白，即求生命永生。永生意义，或为生命分裂而成子嗣延续，或凭不同材料产生文学艺术。也有人仅仅从抽象产生一种境界，在这种境界中陶醉，于是得到永生快乐的。

我不懂音乐，倒常常想用音乐表现这种境界。正因为这种境界，似乎用文字颜色以及一切坚硬的物质器材通通不易保存（本身极不具体，当然不能用具体之物保存）。如知和声作曲，必可制成若干动人乐章。

表现一抽象美丽印象，文字不如绘画，绘画不如数学，数学似乎又不如音乐。因为大部分所谓"印象动人"，多近于从具体事实感官经验而得到。这印象用文字保存，虽困难尚不十分困难。但由幻想而来的形式流动不居的美，就只有音乐，或宏壮，或柔静，同样在抽象形式中流动，方可望能将它好好保存并重现。

试举一例。仿佛某时、某地、某人，微风拂面，山花照眼，河水浑浊而有生气，漂浮着菜叶。有小小青蛙在河畔草丛间跳跃，远处母黄牛在豆田阡陌间长声唤子。上游或下游不知何处有造船人斧斤声，遥度山谷而至。河边有紫花、红花、白花、蓝花，每一种花每一种颜色都包含一种动人的回忆和美丽联想。试摘蓝花一束，抛向河中，让它与菜叶一同逐流而去，再追索这花色香的历史，则长发、清眸、粉脸、素足，都一一于印象中显现。似陌生，似熟习，本来各自分散，不相黏附，这时节忽拼合成一完整形体，美目含睇，手足微动，如闻清歌，似有爱怨。稍过一时，一切已消失无余，只觉一白鸽在虚空飞翔，在不占据他人视线与其他物质的心的虚空中飞翔。一片白光荡摇不定，无声，无香，只一片白。《法华经》虽有对于这种情绪极美丽形容，尚令人感觉文字大不济事，难以捕捉这种境界。又稍过一时，明窗绿树，已成陈迹。唯窗前尚有小小红花在印象中鲜艳夺目，如焚如烧。这颗心也同样如焚如烧。唉，上帝。生命之火燃了又熄了，一点蓝焰，一堆灰。谁看到？谁明白？谁相信？

我说的是什么？凡能著于文字的事事物物，不过一个人的幻想之糟粕而已。

天气阴雨，对街瓦沟一片苔，因雨而绿，逼近眼边。心之所注，亦如在虚幻中因雨而绿，且开花似碎锦，一片芬芳，温静美好，不可用言语形容。白日既去，黄昏随来，夜已深静，我尚依然坐在桌边，不知何事必须如此有意挫折自己肉体，求得另外一种解脱。解脱不得，自然困缚转加。直到四点，闻鸡叫声，方把灯一扭熄，眼已润湿。看看窗间横格已有微白，如闻一极熟习语音，带着自得其乐的神气说："荷叶田田，露似银珠。"不知何意。但声音十分柔美，因此又如有秀腰白齿，往来于一巨大梧桐树下。桐荚如小船，缀有梧子，思接手牵引，既不可及。忽尔一笑，翻成愁苦。

凡此种种，如由莫扎特用音符排组，自然即可望在人间成一惊心动魄侠神荡志乐曲。目前就手中所有，不过一支破笔，一堆附有各种历史上的霉斑与俗气意义文字而已。用这种文字写出来时，自然好像不免有些陈腐，有些颓废，有些不可解。

上帝吝于人者甚多。人若明白这一点，必求其自取自用。求自取自用，以"人"教育"我"是唯一方法。教育"我"的事照例于"人"无损，扩大自我，不过更明白"人"而已。

天之予人经验，厚薄多方，不可一例。耳目口鼻虽同具一种外形，一种同样能感受吸收外物外事本性，可是生命的深度，人与人实在相去悬远。读万卷书，行万里路，自然有浩浩然雍雍然书卷气和豪爽气。然而识万种人，明白万种人事，从其中求同识差，有此一分知识，似乎也不是坏事。知人方足以论世。知人在大千世界中，虽只占一个极平常地位，而且个体生命又甚短促，然而手脑并用，工具与观念堆积日多，人类因之就日有进步，日趋复杂，直到如今情形。所谓知人，并非认识其复杂，只是归纳万汇，把人认为一单纯不过之"生物"而已。极少人能违反生物原则，换言之，便是极少人能避免自然所派定义务——"爱"与"死"。人既必死，即应在生存时知所以生，故孔子说："未知生，焉知死?"多数人以为能好好吃喝、生儿育女，即所谓知生。然而尚应当有少数人知生存意义，不仅仅是吃喝了事! 爱就是生的一种方式，知道爱的也并不多。

我实需要"静"，用它来培养"知"，启发"慧"，悟彻"爱"和"怨"等文字相对的意义。到明白较多后，再用它来重新给"人"好好做一度诠释，超越世俗爱憎哀乐的方式，探索"人"的灵魂深处或意识边际，发现"人"，说明"爱"与"死"可能具有若干新的形式。这工作必然可将那个"我"扩大，占有更大的空间，或更长久的时间。

可是目前问题呢，我仿佛正在从各种努力上将自己生命缩小，似乎必如此方能发现自己，得到自己，认识自己。"吾丧我"，我恰如在找寻中。"生命"或"灵魂"都已破破碎碎，得重新用一种带胶性观念把它黏合起来，或用别一种人格的光和热照耀烘炙，方能有一个新生的我。

可是，这个我的存在，还为的是反照人。正因为一个人的青春是需要装饰的，如不能用智慧来装饰，就用愚骏也无妨。

八月三日

潜渊

一

　　黄昏极美丽悦人。光景清寂，极静，独坐小蒲团上，望窗口微明，欧战从一日起始，至今天为止，已三十天。此三十天中波兰即已灭亡。一国家养兵至一百万，一月中即告灭亡，何况一人心中所信所守，能有几许力量，抗抵某种势力侵入？一九三九之九月，实一值得记忆的月份。人类用双手一头脑创造出一个惊心动魄文明世界，然此文明不旋踵立即由人手毁去。人之十指，所成所毁，亦已多矣。

九月××

二

　　读《人与技术》《红百合》二书各数章。小楼上阳光
甚美，心中茫然，如一战败武士，受伤后独卧荒草间，武
器与武力已全失。午后秋阳照铜甲上炙热。手边有小小甲
虫爬行，耳畔闻远处尚有落荒战马狂奔，不觉眼湿。心中
实充满作战雄心，又似觉一切已成过去，生命中仅残余一
种幻念、一种陈迹的温习。

　　心若翻腾，渴想海边，及海边可能见到的一切。沙滩
上为浪潮漂白的一些螺蚌残壳，泥路上一朵小小蓝花，天
末一片白帆、一片紫。

　　房中静极。面对窗上三角形夕阳黄光，如有所悟，亦
如有所惑。

　　　　　　　　　　　　　　　　　十月××

三

　　晴。六时即起。甚愿得在温暖阳光下沉思，使肩背与

心同在朝阳炙晒中感到灼热。灼热中回复清凉，生命从疲乏得到新生。久病新瘥一般新生。所思者或为阳光下生长一种造物（精巧而完美，秀与壮并之造物），并非阳光本身。或非造物，仅仅造物所遗留之一种光与影、形与线。

人有为这种光影形线而感兴激动的，世人必称之为"痴汉"。因大多数人都"不痴"，知从"实在"上讨生活，或从"意义""名分"上讨生活。捕蚊捉虱、玩牌下棋，在小小得失上注意关心，引起哀乐，即可度过一生。生活安适，即已满足。活到末了，倒下完毕。多数人所需要的是"生活"，并非对于"生命"具有何种特殊理解，故亦不必追寻生命如何使用，方觉更有意思。因此若有一人，超越习惯的心与眼，对于美特具敏感，自然即被称为痴汉。此痴汉行为，若与多数人庸俗利害观念相冲突，且成为罪犯，为恶徒，为叛逆。换言之，即一切不吉名词无一不可加诸其身，对此符号，消极意思为"沾惹不得"，积极企图为"与众弃之"。然一切文学美术以及人类思想组织上巨大成就，常唯痴汉有份，与多数无涉，事情显明而易见。

十月××

四

金钱对"生活"虽好像是必需的，对"生命"似不必需。生命所需，唯对于现世之光影疯狂而已。因生命本身，从阳光雨露而来，即如火焰，有热有光。

我如有意挫折此奔放生命，故从一切造型小物事上发生嗜好，即不能挫折它，亦可望陶冶它，羁縻它，转变它。不知者以为留心细物，所志甚小。见闻不广，无多大价值物事，亦如宝贝，加以重视，未免可笑。这些人所谓价值，自然不离金钱，意即商业价值。

美固无所不在，凡属造型，如用泛神情感去接近，即无不可以见出其精巧处和完整处。生命之最大意义，能用于对自然或人工巧妙完美而倾心，人之所同。唯宗教与金钱，或归纳，或消灭，因此令多数人生活下来都庸俗呆笨，了无趣味。某种人情感或被世务所阉割，淡漠如一僵尸，或欲扮道学，充绅士，做君子，深深惧怕被任何一种美所袭击，支撑不住，必致误事。又或受佛教"不净观"影响，默会《诃欲经》本意，以爱与欲不可分，惶恐逃避，唯恐不及。像这些人，对于"美"，对于一切美物、美行、美事、美观念，无不漠然处之，竟若毫无反应。

不过试从文学史或美术史（以至于人类史）上加以清查，却可得一结论，即伟人巨匠、千载宗师，无一不对于美特具敏锐感触。或取调和态度，融汇之以成为一种思想，如经典制作者对于经典文学符号排比的准确与关心。或听其撼动，如艺术家之与美对面时，从不逃避某种光影形线所感印之痛苦，以及因此产生佚智失理之疯狂行为。举凡所谓活下来"四平八稳"人物，生存时自己无所谓，死去后他人对之亦无所谓。但有一点应当明白，即"社会"一物，是由这种人支持的。

十月××

五

饭后倦极。至翠湖土堤上一走。木叶微脱，红花萎悴，水清而草乱。猪耳莲尚开淡紫花，静贴水面。阳光照及大地，随阳光所及，举目临眺，但觉房屋人树，及一池清水，无不如相互之间，大有关系。然个人生命，转若甚感单独，无所皈依，亦无所附丽。上天下地，黏滞不住。过去生命可追寻处，并非一堆杂著，只是随身记事小册三五本。名为记事，事无可记，即记下亦无可观。唯生命形式，或可于字句间求索得到一二，足供温习。生命随日月交替而有新陈代谢现象，有变化，有移易。生命者，只前进，不后退，能迈进，难静止。到必须"温习过去"，则目前情形可想而知。沉默甚久，生悲悯心。

　　我目前俨然因一切官能都十分疲劳，心智神经失去灵明与弹性，只想休息。或如有所规避，即逃脱彼噬心啮知之"抽象"。由无数造物空间时间综合而成之一种美的抽象。然生命与抽象固不可分，真欲逃避，唯有死亡。是的，我的休息，便是多数人说的死。

十月××

六

　　在阳光下追思过去，俨然整个生命俱在两种以及无数种力量中支撑抗拒，消磨净尽，所得唯一种知识，即由人之双手所完成之无数泥土陶瓷形象，与由上帝双手抟泥所完成之无数造物灵魂有所会心而已。令人痛苦也就在此。

人若欲贴近土地，呼吸空气，感受幸福，则不必有如此一份知识。多数人或具有一种浓厚动物本性，如猪如狗，或虽如猪如狗，唯感情被种种名词所阉割，皆可望从日常生活中感到完美与幸福。譬如说"爱"，这些人爱之基础或完全建筑在一种"情欲"事实上，或纯粹建筑在一种"道德"名分上，异途同归，皆可得到安定与快乐。若将它建筑在一抽象的"美"上，结果自然到处见出缺陷和不幸。因美与"神"近，即与"人"远。

生命具神性，生活在人间，两相对峙，纠纷随来。情感可轻翥高飞，翱翔天外，肉体实呆滞沉重，不离泥土。

××说："××年前死得其所，是其时。"即"人"对"神"的意见，亦即神性必败一个象征。××实死得其时，因为救了一个"人"，一个贴近地面的人。但××若不死，未尝不可以使另外若干人增加其神性。

有些人梦想生翅膀一双，以为若生翅翼，必可轻举，向日飞去。事实上，即背上生出翅膀，亦不宜高飞。有些人从不梦想，唯时时从地面踊跃升腾，虽腾空不高，旋即堕地，依然永不断念，信心特坚。前者是艺术家，后者是革命家。但一个文学作家，似乎必须兼有两种性格。

十月××

十月十六日摘抄

水云

——我怎么创造故事，故事怎么创造我

　　青岛的五月，是个稀奇古怪的时节，从二月起的交换季候风忽然一息后，阳光热力到了地面，天气即刻暖和起来。树林深处，有了啄木鸟的踪迹和黄莺的鸣声。公园中梅花、桃花、玉兰、郁李、棣棠、海棠和樱花，正像约好了日子，都一齐开放了花朵。到处都聚集了些游人，穿起初上身的称身春服，携带酒食和糖果，坐在花木下边草地上赏花取乐。就中有些从南北大都市来看樱花做短期旅行的，从外表上一望也可明白。这些人为表示当前为自然解放后的从容和快乐，多仰卧在草地上，用手枕着头，被天上云影、压枝繁花弄得发迷。口中还轻轻吹着呼哨，学林中鸣禽唤春。女人多站在草地上为孩子们照相，孩子们却

在花树间各处乱跑。

　　就在这种阳春烟景中，我偶然看到一个人的一首小诗，大意说：地上一切花果都从阳光取得生命的芳馥，人在自然秩序中，也只是一种生物，还待从阳光中取得营养和教育。因此常常欢喜孤独伶俜的，带了几个硬绿苹果，带了两本书，向阳光较多无人注意的海边走去。照习惯我是对准日出方向，沿海岸往东走。夸父追日，我却迎赶日头，不担心半道会渴死。走过了浴场，走过了炮台，走过了那个建筑在海湾石堆上俄国什么公爵的大房子……一直到太平角凸出海中那个黛色大石堆上，方不再向前进。这个地方前面已是一片碧绿大海，远远可看见水灵山岛的灰色圆影，和海上船只驶过时在浅紫色天末留下那一缕淡烟。我身背后是一片马尾松林，好像一个一个翠绿扫帚，扫拂天云。矮矮的疏疏的马尾松下，到处有一丛丛淡蓝色和黄白间杂野花在任意开放。花丛间常常可看到一对对小而伶俐麻褐色野兔，神气天真烂漫，在那里追逐游戏。这地方还无一座房子，游人稀少，本来应分算是这些小小生物的特别区，所以与陌生人互相发现时，必不免抱有三分好奇，眼珠子骨碌碌地对人望望。望了好一会儿，似乎从神情间看出了一点危险，或猜想到"人"是什么，方憬然惊悟，猛回头在草树间奔窜。逃走时恰恰如一个毛团弹子一样迅速，也如一个弹子那么忽然触着树身而转折，更换个方向继续奔窜。这聪敏活泼生物，终于在绿色马尾松和杂花间消失了。我于是好像有点抱歉，来估想它受惊以后跑回窠中的情形。它们照例是用埋在地下的引水陶筒做家的，因为里面四通八达，合乎传说上的三窟意义。进去以后，必挤得紧紧的，为求安全准备第二次逃奔，因为有时很可能是被一匹狗追逐，狗尚徘徊在水道口。过一会儿心定了一点，小心谨慎从水道口露出那两个毛茸茸的小耳朵和光头来，听听远近风声，从经验明白"天下太平"后，方重新到草树间来游戏。

我坐的地方八尺以外，便是一道陡峻的悬崖，向下直插入深海中。若想自杀，只要稍稍用力向前一跃，就可坠崖而下，掉进海水里喂鱼吃。海水有时平静不波，如一片光滑的玻璃。有时可看到两三丈高的大浪头，载着皱折的白帽子，直向岩石下扑撞，结果这浪头却变成一片银白色的水沫，一阵带咸味的雾雨。我一面让和暖阳光烘炙肩背手足，取得生命所需的热和力，一面却用面前这片大海教育我，淘深我的生命。时间长，次数多，天与树与海的形色气味，便静静地溶解到了我绝对单独的灵魂里。我虽寂寞却并不悲伤。因为从默会遐想中，感觉到生命智慧和力量。心脏跳跃节奏中，即俨然有形式完美韵律清新的诗歌，和调子柔软而充满青春纪念的音乐。

"名誉、金钱或爱情，什么都没有，这不算什么。我有一颗能为一切现世光影而跳跃的心，就很够了。这颗心不仅能够梦想一切，而且可以完全实现它。一切花草既都能从阳光下得到生机，各自于阳春烟景中芳菲一时，我的生命上的花朵，也待发展，待开放，必然有惊人的美丽与芳香。"

我仰卧时那么打量。一起身，另外一种回答就起自中心深处。这正是想象碰着边际时所引起的一种回音。回音中见出一点世故，一点冷嘲，一种受社会挫折蹂躏过的记号。

"一个人心情骄傲，性格孤僻，未必就能够做战士，应当时时刻刻记住，得谨慎小心，你到的原是个深海边。身体纵不至于掉进海里去，一颗心若掉到梦想的幻异境界中去，也相当危险，挣扎出来并不容易！"

这点世故对于当时的我并不需要，因此我重新躺下去，俨若表示业已心甘情愿受我选定的生活选定的人所征服。我等待这种征服。

"为什么要挣扎？倘若那正是我要到的去处，用不着使力挣扎的。我一定放弃任何抵抗愿望，一直向下沉。不管它是带咸味的海水，还是带苦味的人生，我要沉到底为止。这才像是生活，是生命。我需要的就是绝对的皈依，从皈依中见到神。我是个乡下人，走到任何一处照例都带了一把尺、一把秤，和普遍社会总是不合。一切来到我命运中的事事物物，我有我自己的尺寸和分量，来证实生命的价值和意义。我用不着你们名叫'社会'为制定的那个东西，我讨厌一般标准，尤其是什么思想家为扭曲蠹蚀人性而定下的乡愿蠢事。这种思想算是什么？不过是少年时男女欲望受压抑，中年时权势欲望受打击，老年时体力活动受限制，因之用这个来弥补自己并向人间复仇的人病态的表示罢了。这种人从来就是不健康的，哪能够希望有个健康人生观。"

"好，你不妨试试看，能不能使用你自己那个尺和秤，去量量你和人的关系。"

"你难道不相信吗?"

"你应当自己有自信，不用担心别人不相信。一个人常常因为对自己缺少自信，才要从别人相信中得到证明。政治上纠纠纷纷，以及在这种纠纷中的牺牲，使百万人在面前流血，流血的意义就为的是可增加某种人自己那点自信。在普通人事关系上，且有人自信不过，又无从用牺牲他人得到证明，所以一失了恋就自杀的。这种人做了一件其蠢无以复加的行为，还以为自己是在追求生命最高的意义，而且得到了它。"

"我只为的是如你所谓灵魂上的骄傲，也要始终保留着那点自信！"

"那自然极好，因为凡真有自信的人，不问他的自信是从官能健康或观念顽固而来，都可望能够赢得他人的承认。不过你得注意，风不常向一定方向吹。我们生活中到处是'偶然'，生命中还有比理性更具势力的'情感'。一个人的一生可说即由偶然和情感乘除而来。你虽不迷信命运，新的偶然和情感，可将形成你明天的命运，决定他后天的命运。"

"我自信我能得到我所要的，也能拒绝我不要的。"

"这只限于选购牙刷一类小事情。另外一件小事情，就会发现势不可能。至于在人事上，你不能有意得到那个偶然的凑巧，也无从拒绝那个附于情感上的弱点。"

辩论到这点时，仿佛自尊心起始受了点损害，躺着向天的那个我，沉默了。坐着望海的那个我，因此也沉默了。

　　试看看面前的大海，海水明蓝而静寂，温厚而蕴藉。虽明知中途必有若干海岛，可供候鸟迁移时栖息，且一直向前，终可到达一个绿芜无限的彼岸。但一个缺少航海经验的人，是无从用想象去证实的，这也正与一个人的生命相似。再试抬头看看天空云影，并温习另外一时同样天空的云影，我便俨若有会于心。因为海上的云彩实在丰富异常。有时五色相渲，千变万化，天空如张开一张锦毯。有时又素净纯洁，天空但见一片绿玉，别无他物。这地方一年中有大半年天空中竟完全是一幅神奇的图画，有青春的嘘息，触起人狂想和梦想，看来令人起轻快感、温柔感、音乐感、情欲感。海市蜃楼就在这种天空中显现，它虽不常在人眼底，却永远在人心中。秦皇汉武的事业，同样结束在一个长生不死青春常驻的梦境里，不是毫无道理的。然而这应当是偶然和情感乘除，此外还有点别的什么？

　　我不羡慕神仙，因为我是个凡人。我还不曾受过任何女人关心，也不曾怎么关心过别的女人。我在移动云影下，做了些年轻人所能做的梦。我明白我这颗心在情分取予得失上，受得住人的冷淡糟蹋，也载得起来忘我狂欢。我试重新询问我自己：

"什么人能在我生命中如一条虹，一粒星子，在记忆中永远忘不了？应当有那么一个人。"

"怎么这样谦虚得小气？这种人虽行将就要陆续来到你的生命中，各自保有一点势力。这些人名字都叫作'偶然'。名字有点俗气，但你并不讨厌它，因为它比虹和星还无固定性，还无再现性。它过身，留下一点什么在这个世界上一个人的心上；它消失，当真就消失了。除了留在心上那个痕迹，说不定从此就永远消失了。这消失也不会使人悲观，为的是它曾经活在你心上过，并且到处是偶然。"

"我是不是也能够在另外一个生命中保留一种势力？"

"这应当看你的情感。"

"难道我和人对于自己，都不能照一种预定计划去做一点……"

"唉，得了。什么计划？你意思是不是说那个理性可以为你决定一件事情，而这事情又恰恰是上帝从不曾交把任何一个人的？你试想想看，能不能决定三点钟以后，从海边回到你那个住处去，半路上会有些什么事情等待你？这些事影响到一年两年后的生活可能有多大？若这一点你失败了，那其他的事情，显然就超过你智力和能力以外更远了。这种测验对于你也不是件坏事情，因为可让你明白偶然和感情将来在你生命中的种种，说不定还可以增加你一点忧患来临的容忍力——也就是新的道家思想，在某一点某一事上，你得有点信天委命的达观，你因此才能泰然坦然继续活下去。"

我于是靠在一株马尾松旁边，一面采摘那些杂色不知名野花，一面试去想象，下午回去半路上可能发生的一切事情。

到下午四点钟左右，我预备回家了。在惠泉浴场潮水退落后的海滩泥地上，看见一把被海水漂成白色的小螺蚌，在散乱的地面返着珍珠光泽。从螺蚌形色，可推测得这是一个细心的人的成绩。我猜想这也许是个随同家中人到海滩上来游玩的女孩子，用两只小而美丽的手，精心细意把它从沙砾中选出，玩过一阵以后，手中有了一点温汗，怪不受用，又还舍不得抛弃。恰好见家中人在前面休息处从藤提篮中取出苹果，得到个理由要把手弄干净一点，就将它塞在保姆手里，不再关心这个东西了。保姆把这些螺蚌残骸捏在大手里一会儿，又为另外一个原因，把它随意丢在这里了。因为湿地上留下一列极长的足印，就中有个是小女孩留下的，我为追踪这个足印，方发现了它。这足印到此为止，随后即斜斜地向可供休息的一个大石边走去，步伐已较宽，脚印也较深，可知是跑去的。并且石头上还有些苹果香蕉皮屑。我于是把那些美丽螺蚌一一捡到手中，因为这些过去生命，保留了一些别的生命的美丽天真愿望活在我的想象中。

再走过去一点，我又追踪另外两个脚迹走去，从大小上可看出这是一对年轻伴侣留下的。到一个最适宜于看海上风帆的地点，两个脚迹稍深了点，乱了点，似乎曾经停留了一会儿。从男人手杖尖端划在沙上的几条无意义的曲线，和一些三角形与圆圈，和一个装胶卷的小黄纸盒，可推测得出这对年轻伴侣，说不定到了这里，恰好看见海上一片三角形白帆驶过，因为欣赏景致停顿了一会儿，还照了个相。照相的很可能是女人，手杖在沙上画的曲线和其他，就代表男子闲坐与一点厌烦。在这个地方照相，又可知是一对外来游人，照规矩，本地人是不会在这个地方照相的。

再走过去一点，到海滩滩头时，我碰到一个敲拾牡蛎的穷女孩，竹篮中装了一些牡蛎和一把黄花。

于是我回到了住处。上楼梯时楼梯照样轧轧地响，从这响声中就可知并无什么意外事发生。从一个同事半开房门中，可看到墙壁上一张有香烟广告美人画。另外一个同事窗台上，依然有个鱼肝油空瓶。一切都照样。尤其是楼下厨房中大师傅，在调羹和味时那些碗盏磕碰声音，以及那点从楼口上溢的扑鼻香味，更增加凡事照常的感觉。我不免对于在海边那个宿命论与不可知论的我，觉得有点相信不过。

其时尚未黄昏，住处小院子十分清寂，远在三里外的海上细语啮岸声音，也听得很清楚。院子内花坛中一大丛珍珠梅，脆弱枝条上繁花如雪。我独自在院中画有方格的水泥道上来回散步，一面走一面思索些抽象问题。恰恰如《歌德传记》中说他二十多岁时在一个钟楼上看村景心情，身边手边除了本诗集什么都没有，可是世界上一切俨然为他而存在。

用一颗心去为一切光色声音气味而跳跃，比用两条强壮手臂对于一个女人所能做的还更多。可是多多少少有一点难受，好像在有所等待，可不知要来的是什么。

远远地忽然听到女人笑语声，抬头看看，就发现短墙外拉斜下去的山路旁，那个加拿大白杨林边，正有个年事轻轻的女人，穿着件式样称身的黄绸袍子，走过草坪去追赶一个女伴。另外一处却有个"上海人"模样穿旅行装的二号胖子，携带两个孩子，在招呼他们。我心想，怕是什么银行中人来看樱花吧。这些人照例住第一宾馆的头等房间，上馆子时必叫"甲鲫鱼"，还要到炮台边去照几个相，一切行为都反映他钱袋的饱满和兴趣的庸俗。女的很可能因为从上海来的，衣服都很时髦，可是脑子都空空洞洞，除了从电影上追求女角的头发式样，算是生命中至高的悦乐，此外竟毫无所知。

过不久，同住的几个专家陆续从学校回来了，于是照例开饭。甲乙丙丁戊己庚辛坐满了一桌子，再加上一位陌生女客——一个受过北平高等学校教育、上海高等时髦教育的女人。照表面看，这个女人可说是完美无疵，大学教授理想的太太；照言谈看，这个女人并且对于文学艺术竟像是无不当行。不凑巧，平时吃保肾丸的教授乙，饭后拿了个手卷人物画来欣赏时，这个漂亮女客却特别对画上的人物数目感兴趣，这一来，我就明白女客精神上还是大观园拿花荷包的人物了。

到了晚上，我想起"偶然"和"情感"两个名词，不免重新有点不平。好像一个对生命有计划对理性有信心的我，被另一个宿命论不可知论的我战败了。虽然败还不服输，所以总得想方法来证实一下。当时唯一可证实我是能够有理想照理想活下去的事，即是用手上一支笔写点什么。先是为一个远在千里外女孩子写了些信，预备把白天海滩上无意中得到的螺蚌附在信里寄去，因为叙述这些螺蚌的来源，我不免将海上光景描绘一番。这种信写成后使我不免有点难过起来，心俨然沉到一种绝望的泥潭里了，为自救自解计，才另外来写个故事。我以为由我自己把命运安排得十分美丽，若势不可能，安排一个小小故事，应当不太困难。我想试试看能不能在空中建造一个式样新奇的楼阁。我无中生有，就日中所见，重新拼合写下去，我应当承认，在写到故事一小部分时，情感即已抬了头。我一直写到天明，还不曾离开桌边，且经过二十三个钟头，只吃过三个硬苹果。写到一半时，我方在前面加个题目：《八骏图》。第五天后，故事居然写成功了。第二十七天后，故事便在上海一个刊物上发表了。刊物从上海寄过青岛时，同住几个专家都觉得被我讥讽了一下，都以为自己即故事上甲乙丙丁，完全不想到我写它的用意，只是在组织一个梦境。至于用来表现"人"在各种限制下所现出的性心理错综情感，我从中抽出式样不同的几种人，用语言、行为、联想、比喻以及其他方式来描写它。这些人照样活一世，并不以为难受，到被别人如此艺术地加以处理时，看来反而难受，在我当时竟觉得大不可解。这故事虽得来些不必要麻烦，且影响到我后来放弃教学的理想，可是一般读者却因故事和题目巧合、表现方法相当新、处理情感相当美，留下个较好印象。且以为一定真有那么一回事，因此按照上海风气，为我故事来做索引，就中男男女女都有名有姓。这种索引自然是不可信的，尤其是说到的女人，近于猜谜。这种猜谜既无关大旨，所以我只用微笑和沉默作为答复。

夏天来了，大家都向海边跑，我却留在山上。有一天，独自在学校旁一列梧桐树下散步，太阳光从梧桐大叶空隙间滤过，光影印在地面上，纵横交错，俨若有所契，有所悟，只觉得生命和一切都交互溶解在光影中。这时节，我又照例成为两种对立的人格。

我稍稍有点自骄，有点兴奋，"什么是偶然和情感？我要做的事，就可以做。世界上不可能用任何人力材料建筑的宫殿和城堡，原可以用文字做成功的。有人用文字写人类行为的历史。我要写我自己的心和梦的历史。我试验过了，还要从另外一些方面做种种试验。"

那个回音依然是冷冷的："这不是最好的例，若用前事作例，倒恰好证明前次说的偶然和情感实决定你这个作品的形式和内容。你偶然遇到几件琐碎事情，在情感兴奋中黏合贯串了这些事情，末了就写成了那么一个故事。你再写写看，就知道你单是'要写'，并不成功了。文字虽能建筑宫殿和城堡，可是那个图样却是另外一时的偶然和情感决定的。"

"这是一种诡辩。时间将为证明，我要做什么，必能做什么。"

"别说你'能'做什么，你不知道，就是你'要'做什么，难道还不是由偶然和情感乘除来决定？人应当有自信，但不许超越那个限度。"

"情感难道不属于我？不由我控制？"

"它属于你，可并不如由知识堆积而来的理性，能供你使唤。只能说你属于它，它又属于生理上的'性'，性又属于人事机缘上的那个偶然。它能使你生命如有光辉，就是它恰恰如一个星体为阳光照及时。你能不能知道阳光在地面上产生了多少生命，具有多少不同形式？你能不能知道有多少生命名字叫作'女人'，在什么情形下就使你生命放光，情感发炎？你能不能估计有什么在阳光下生长中的生命，到某一时原来恰恰就在支配你，成就你？这一切你全不知道!"

"⋯⋯"

这似乎太空虚了点，正像一个人在抽象中游泳，这样游来游去，自然不会到达那个理想或事实边际。如果是海水，还可推测得出本身浮沉和位置。如今只是抽象，一切都超越感觉以上，因此我不免有点恐怖起来。我赶忙离开了树下日影，向人群集中处走去，到了熙来攘往的大街上。这一来，两个我照例都消失了。只见陌生人林林总总，在为一切事而忙。商店和银行，饭馆和理发馆，到处有人进出。人与人关系变得复杂到不可思议，然而又异常单纯地一律受钞票所控制。到处有人在得失上爱憎，在得失上笑骂，在得失上做种种表示。

离开了大街，转到市政府和教堂时，就可使人想到这是历史上种种得失竞争的象征。或用文字制作经典，或用木石造做虽庞大却极不雅观的建筑物，共同支撑一部分前人的意见，而照例更支撑了多数后人的衣禄。⋯⋯不知如何一来，一切人事在我眼前都变成了漫画，既虚伪，又俗气，而且反复继续下去，不知到何时为止。但觉人生百年长勤，所得于物虽不少，所得于己实不多。

我俨然就休息到这种对人事的感慨上，虽累而不十分疲倦。我在那座教堂石阶上面对大海坐了许久。

回来时，我想除去那些漫画印象和不必要的人事感慨，就重新使用这支笔，来把佛经中小故事放大翻新，注入我生命中属于情绪散步的种种纤细感觉和荒唐想象。我认为，人生为追求抽象原则，应超越功利得失和贫富等级，去处理生命与生活。我认为，人生至少还容许用将来重新安排一次，就那么试来重做安排，因此又写成一本《月下小景》。

两年后，《八骏图》和《月下小景》结束了我的教书生活，也结束了我海边孤寂中的那种情绪生活。两年前偶然写成的一个小说，损害了他人的尊严，使我无从和甲乙丙丁专家同在一处继续共事下去。偶然拾起的一些螺蚌，连同一个短信，寄到另外一处时，却装饰了另外一个人的青春生命，我的幻想已证实了一部分，原来我和一个素朴而沉默的女孩子，相互间在生命中都保留一种势力，无从去掉了。我到了北平。

有一天，我走入北平城一个人家的阔大华贵客厅里，猩红丝绒垂地的窗帘，猩红丝绒四丈见方的地毯，把我愣住了。

我就在一套猩红丝绒旧式大沙发中间，选了靠近屋角一张沙发坐下来，观看对面高大墙壁上的巨幅字画。莫友芝斗大的分隶屏条，斗大的红桃立轴，这一切竟像是特意为配合客厅而准备，并且还像是特意为压迫客人而准备。一切都那么壮大，我于是似乎缩得很小。来到这地方是替一个亲戚带个小礼物，应当面把礼物交给女主人的。等了一会儿，女主人不曾出来，从客厅一角却出来了个"偶然"。问问才知道是这人家的家庭教师，和青岛托带礼物的亲戚也相熟，和我好些朋友都相熟。虽不曾见过我，可是却读过我作的许多故事。因为那女主人出了门，等等方能回来，所以用电话要她和我谈谈。我们谈到青岛的四季，两年前她还到过青岛看樱花，以为樱花和别的花都并不比北平的花好，倒是那个海有意思。女主人回来时，正是我们谈海边一切和那个本来俨然海边的主人麻兔时。我们又谈了些别的事方告辞。"偶然"给我一个幽雅而脆弱的印象，一张白白的小脸、一堆黑而光柔的头发、一点陌生羞怯的笑。当发后的压发翠花跌落到地毯上，躬身下去寻找时，我仿佛看到一条素色的虹霓。虹霓失去了彩色，究竟还有什么，我并不知道。"偶然"给我保留一种印象，我给了"偶然"一本书，书上第一篇故事，原可说就是两年前为抵抗"偶然"而写成的。

一个月以后，我又在另外一个素朴而美丽的小客厅中见到了"偶然"。她说一点钟前还看过我写的那个故事，一面说一面微笑。且把头略偏，眼中带点羞怯之光，想有所探询，可不便启齿。

仿佛有斑鸠唤雨声音从远处传来。小庭园玉兰正盛开。我们说了些闲话，到后"偶然"方问我："你写的可是真事情？"

我说："什么叫作真？我倒不大明白真和不真在文学上的区别，也不能分辨它在情感上的区别。文学艺术只有美和不美。精卫衔石，杜鹃啼血，情真事不真，并不妨事。你觉得对不对？"

"我看你写的小说，觉得很美，当真很美，但是，事情真不真——可未必真！"

这种怀疑似乎已超过了文学作品的欣赏，所要理解的是作者的人生态度。

我稍稍停了一会儿，"不管是故事还是人生，一切都应当美一些！丑的东西虽不是罪恶，可是总不能令人愉快。我们活到这个现代社会中，被官僚、政客、银行老板、理发师和成衣师傅，共同弄得到处是丑陋，可是人应当还有个较理想的标准，也能够达到那个标准，至少容许在文学艺术上创造那标准。因为不管别的如何，美应当是善的一种形式！"

正像是这几句空话说中了"偶然"另外某种嗜好，"偶然"轻轻地叹了一口气。"美的有时也令人不愉快！譬如说，一个人刚好订婚，又凑巧……"

我说："呵！我知道了。你看了我写的故事一定难过起来了。不要难受，美丽总使人忧愁，可是还受用。那是我在海上受水云教育产生的幻影，并非实有其事！"

"偶然"于是笑了。因为心被个故事已浸柔软，忽然明白这为古人担忧弱点已给客人发现，自然觉得不大好意思。因此不再说什么，把一双白手拉拉衣角，裹紧了膝头。那天穿的衣服，恰好是件绿底小黄花绸子夹衫，衣角袖口缘了一点紫。也许自己想起这种事，只是不经意地和我那故事巧合，也许又以为客人并不认为这是不经意，且认为是成心。所以在应对间不免用较多微笑作为礼貌的装饰与不安情绪的盖覆。

结果另外又给了我一种印象。我呢，我知道，上次那本小书给人甘美的忧愁已够多了。

离开那个素朴小客厅时，我似乎遗失了一点什么东西。在开满了马樱花和洋槐的长安街大路上，试搜寻每个衣袋，不曾发现失去的是什么。后来转入中南海公园，在柳堤上绕了一个大圈子，见到水中的云影，方骤然觉悟失去的只是三年前独自在青岛大海边向虚空凝眸，做种种辩论时那一点孩子气主张。这点自信若不是掉落到一堆时间后边，就是前不久掉在那个小客厅中了。

我坐在一株老柳树下休息，想起"偶然"穿的那件夹衫，颜色花朵如何与我故事上景物巧合。当这点秘密被我发现时，"偶然"所表示的那种轻微不安，是种什么分量。我想起我向"偶然"说的话，这些话，在"偶然"生命中，可能发生的那点意义，又是种什么分量，心似乎有点跳得不大正常。"美丽总使人忧愁，然而还受用。"

一个小小金甲虫落在我的手背上，捉住了它看看时，只见六只小脚全缩敛到带金属光泽的甲壳下面。从这小虫生命完整处，见出自然之巧和生命形式的多方。手轻轻一扬，金虫即振翅飞起，消失在广阔的湖面莲叶间了。我同样保留了一点印象在记忆里。原来我的心尚空阔得很，为的是过去曾经装过各式各样的梦，把梦腾挪开时，还装得上许多事事物物。然而我想这个泛神倾向若用之与自然对面，很可给我对现世光色有更多理解机会；若用之于和人事对面，或不免即成为我一种弱点，尤其是在当前的情形下，绝不能容许弱点抬头。

因此我有意从"偶然"给我的印象中，搜寻出一些属于生活习惯上的缺点，用作保护我性情上的弱点。

……生活在一种不易想象的社会中，日子过得充满脂粉气。这种脂粉气既成为生活一部分，积久也就会成为生命中不可少的一部分。一切不外乎装饰，只重在增加对人的效果，毫无自发的较深较远的理想。性情上的温雅和文学爱好，也可说是足为装饰之一种。脂粉气邻于庸俗，知识也不免邻于虚伪。一切不外乎时髦，然而时髦得多浅多俗气！

……我于是觉得安全了。倘若没有别的时间下偶然发生的事情，我应当说实在是十分安全的。因为我所体会到的"偶然"生活性情上的缺点，一直都还保护到我，任何情形下尚有作用。不过保护得我更周到的，也许还是另外一种事实，即一种幸福的婚姻，或幸福婚姻的幻影，我正准备去接受它，证实它。这也可说是种偶然，为的是由于两年前在海上拾来那点螺蚌，无意中寄到南方时所得的结果。然而关于这件事，我却认为是意志和理性做成的。恰恰如我一切用笔写成的故事，内容虽近于传奇，由我个人看来，却产生于一种计划中。

时间流过去了，带来了梅花、丁香、芍药和玉兰，一切北方色香悦人的花朵，在冰冻渐渐融解风光中逐次开放。另外一种温柔的幻影已成为实际生活。一个小小院落中，一株槐树和一株枣树，遮蔽了半个院子，从细碎树叶间筛下细碎的明净秋阳日影，铺在砖地，映照在素净纸窗间，给我对于生命或生活一种新的经验和启示。一切似乎都安排对了。我心想："我要的，已经得到了。名誉或认可，友谊和爱情，全部到了我的身边。我从社会和别人证实了存在的意义。可是不成，我似乎还有另外一种幻想，即从个人工作上证实个人希望所能达到的传奇。我准备创造一点纯粹的诗，与生活不相黏附的诗。情感上积压下来的一点东西，家庭生活并不能完全中和它消耗它，我需要一点传奇，一种出于不巧的痛苦经验，一分从我'过去'负责所必然发生的悲剧。换言之，即完美爱情生活并不能调整我的生命，还要用一种温柔的笔调来写爱情，写那种和我目前生活完全相反，然而与我过去情感又十分相近的牧歌，方可望使生命得到平衡。"

因此每天大清早，就在院落中一个红木八条腿小小方桌上，放下一沓白纸，一面让细碎阳光洒在纸上，一面将我某种受压抑的梦写在纸上。故事中的人物，一面从一年前在青岛崂山北九水旁见到的一个乡村女子，取得生活的必然，一面就用身边新妇做范本，取得性格上的素朴式样。一切充满了善，然而到处是不凑巧。既然是不凑巧，因之素朴的善终难免产生悲剧。故事中充满五月中的斜风细雨，以及那点六月中夏雨欲来时闷人的热和闷热中的寂寞。这一切其所以能转移到纸上，倒可说全是从两年来海上阳光得来的能力。这一来，我的过去痛苦的挣扎，受压抑无可安排的乡下人对于爱情的憧憬，在这个不幸故事上，才得到了排泄与弥补。

一面写一面总仿佛有个生活上陌生、情感上相当熟习的声音在招呼我："你这是在逃避一种命定。其实一切努力全是枉然。你的一支笔虽能把你带向'过去'，不过是用故事抒情作诗罢了。真正在等待你的却是'未来'。你敢不敢向更深处想一想，笔下如此温柔的原因？你敢不敢仔仔细细认识一下你自己，是不是个能够在小小得失悲欢上满足的人？"

"我用不着做这种分析和研究。我目前的生活很幸福，这就够了。"

"你以为你很幸福，为的是你尊重过去，当前是照你过去理性或计划安排成功的。但你何尝真正能够在自足中得到幸福？或用他人缺点保护，或用自己的幸福幻影保护，二而一，都可作为你害怕'偶然'浸入生命中时所能发生的变故。因为'偶然'能破坏你幸福的幻影。你怕事实，所以自觉宜于用笔捕捉抽象。"

"我怕事实？"

"是的，你害怕明天的事实。或者说你厌恶一切事实，因之极力想法贴近过去，有时并且不能不贴近那个抽象的过去，使它成为你稳定生命的碇石。"

我好像被说中了，无从继续申辩。我希望从别的事情上找寻我那点业已失去的自信，或支持自信的观念；没有得到，却得到许多容易破碎的古陶旧瓷。由于耐心和爱好换来的经验，使我从一些盘盘碗碗形体和花纹上，认识了这些艺术品的性格和美术上特点，都恰恰如一个中年人自各样人事关系上所得的经验一般。久而久之，对于清代瓷器中的盘碗，我几乎用手指去摸抚它的底足边缘，就可判断作品的相对年代了。然而这一切却只能增加我耳边另外一种声音的调讽。

"你打量用这些容易破碎的东西稳定平衡你奔放的生命，到头还是毫无结果。这消磨不了你三十年积压的幻想。你只有一件事情可做，即从一种更直接有效的方式上，发现你自己，也发现人。什么地方有些年轻温柔的心在等待你，收容你的幻想，这个你明明白白。为的是你怕事，你于是名字叫作好人。"声音既来自近处，又像来自远方，却十分明白地存在，不易消失。

试去搜寻从我生活上经过的人事时，才发现这个那个"偶然"都好像在控制我支配我。因此重新在所有"偶然"给我的印象上，找出每个"偶然"的缺点，保护到我自己的弱点。只因为这些声音从各方面传来，且从不同时间不同地点传来。

我的新书《边城》出了版。这本小书在读者间得到些赞美，在朋友间还得到些极难得的鼓励。可是没有一个人知道我是在什么情绪下写成这个作品，也不大明白我写它的意义。

即以极细心朋友刘西渭先生批评说来，就完全得不到我何如用这个故事填补我过去生命中一点哀乐的原因。唯其如此，这个作品在我抽象感觉上，我却得到一种近乎严厉讥刺的责备。

"这是一个胆小而知足且善逃避现实者最大的成就。将热情注入故事中，使他人得到满足，而自己得到安全，并从一种友谊的回声中证实生命的意义。可是生命真正意义是什么？是节制还是奔放？是矜持还是疯狂？是一个故事还是一种事实？"

"这不是我要回答的问题，他人也不能强迫我答复。"

不过这件事在我生命中究竟已经成为一个问题。庭院中枣子成熟时，眼看到缀系在细枝间被太阳晒得透红的小小果实，心中不免有一丝对时序的悲伤。一切生命都有个秋天，来到我身边却是那个"秋天的感觉"。这种感觉可以使一个浪子缩手皈心，也可以使一个君子糊涂堕落，为的是衰落预感刺激了他，或恼怒了他。

天气渐冷，我已不能再在院中阳光下写什么，且似乎也并无什么故事可写。心手两闲的结果，使我起始坠入故事里乡下女孩子那种纷乱情感中。我需要什么？不大明白，又正像不敢去思索明白。总之，情感在生命中已抬了头。这比我真正去接近某个"偶然"时还觉得害怕。因为它虽不至于损害人，事实上却必然会破坏我——我的工作理想和一点自信心，都必然将如此而毁去。最不妥当处是我还有些预定的计划，这类事与我"性情"虽不甚相合，对我"生活"却近于必需。情感若抬了头，一群"偶然"听其自由浸入我生命中，就什么都完事了。当时若能写个长篇小说，照《边城题记》中所说来写崩溃了的乡村一切，来消耗它，归纳它，也许此后可以去掉许多困难。但这种题目和我当时心境都不相合。我只重新逃避到字帖赏玩中去。我想把写字当成一束草，一片破碎的船板，俨然用它为我下沉时有所准备。我要和生命中一种无固定性的势能继续挣扎，尽可能去努力转移自己到一种无碍于人我的生活方式上去。

不过我虽能将生命逃避到艺术中，可无从离开那个环境。

环境中到处是年轻生命，到处是"偶然"。也许有些是相互逃避到某种问题中，有些又相互逃避到礼貌中，更有些说不定还近于"挹彼注此"的情形，因之各人都可得到一种安全感或安全事实。可是这对于我，自然是不大相宜的。我的需要在压抑中，更容易见出它的不自然处。岁暮年末时，因之"偶然"中之某一个，重新有机会给了我一点更离奇印象。依然那么脆弱而羞怯，用少量言语多量微笑或沉默来装饰我们的晤面。其时白日的阳光虽极稀薄，寒风冻结了空气，可是房中炉火照例极其温暖，火炉边柔和灯光中，是能生长一切的，尤其是那个名为"感情"或"爱情"的东西。可是为防止附于这个名词的纠纷性和是非性，我们却把它叫作"友谊"。总之，"偶然"之一和我的友谊越来越不同了。一年余以来努力的退避，在十分钟内即证明等于精力白费。"偶然"的缺点依旧尚留在我印象中，而且更加确定，然而却不能保护我什么了。其他"偶然"的长处，也不能保护我什么了。

我于是逐渐进入一个激烈战争中，即理性和情感的取舍。但事极显明，就中那个理性的我终于败北了。当我第一次给了"偶然"一种败北以后的说明时，一定使"偶然"惊喜交集，且不知如何来应付这种新的问题。因为这件事若出于另一"偶然"，则准备已久，恐不过是"我早知如此"轻轻的回答，接着也不过是由此必然而来的一些给和予。然而这事情却临到一个无经验无准备的"偶然"手中，在她的年龄和生活上，是都无从处理这个难题，更毫无准备应付这种问题的技术。因此，当她感觉到我的命运是在她手中时，不免茫然失措。

我呢，俨然是在用人教育我。我知道这恰是我生命的两面，用之于编排故事，见出被压抑热情的美丽处，用之于处理人事，即不免见出性情上的弱点，不特苦恼自己也苦恼人。

我真业已放弃了一切可由常识来应付的种种，一任自己沉陷到一种情感旋涡里去。十年后温习到这种"过去"

时，我恰恰如在读一本属于病理学的书籍，这本书名应当题作：《情感发炎及其治疗》。作者是一个疯子同时又是一个诗人。书中毫无故事，唯有近乎抽象的印象拼合。到客厅中红梅与白梅全已谢落时，"偶然"的微笑已成为苦笑。因为明白这事得有个终结，就装作为了友谊的完美和个人理想的实证，带着一点悲伤，一种出于勉强的充满痛苦的笑，好像说"我得到的已够多了"，就到别一地方去了。走时的神气和事前心情上的纷乱，竟与她在某一时写的一个故事完全相同。不同处只是所要去的方向而已。

我于是重新得到了稳定，且得到用笔的机会。可是我不再写什么传奇故事了，因为生活本身即为一种动人的传奇。我读过一大堆书，再无什么故事比我情感上的哀乐得失经验更离奇动人。我读过许多故事，好些故事到末后，都结束到"死亡"和一个"走"字上，我却估想这不是我这个故事的结局。

第二个"偶然"因为在我生命中用另外一种形式存在，我读了另外一本书。这本书正如出于一个极端谨慎的作者，中间从无一个不端重的句子，从无一段使他人读来受刺激的描写，而且从无离奇的变故与纠纷，然而且真是一种传奇。为的是在这故事背后，保留了一切故事所必须的回目，书中每一章每一节都是对话，与前一个故事微笑继续沉默完全相反。

故事中无休止的对话与独白，却为的是沉默即会将故事组织完全破坏而起，从独白中更可见出"偶然"生命取予的形式。

因为预防，相互都明白—沉默即将思索，一思索即将究寻名词，一究寻名词即可能将"友谊"和"爱情"分别其意义。这一来，情形即发生变化，不窘人将不免自窘。因此这故事就由对话起始，由独白结束。书中人物俨然是在一种战争中维持了十年友谊。形式上都得了胜利，事实上也可说都完全败北。因为装饰过去的生命，本容许有一点妩媚和爱娇，以及少许有节制的疯狂，故事中却用对话独白代替了。

第三个"偶然"浸入我生命中时，初初即给我一种印象，是上海成衣匠和理发匠等在一个年轻肉体上所表现的优美技巧。我觉得这种技巧只合给第二等人增加一点风情上的效果，对于"偶然"实不必要。因此我在沉默中为除去了这些人为的技巧，看出自然所给予一个年轻肉体完美处和精细处。

最奇异的是这里并没有情欲，竟可说毫无情欲，只有艺术。我所处的地位完全是一个艺术鉴赏家的地位。我理会的只是一种生命的形式，以及一种自然道德的形式。没有冲突，超越得失，我从一个人的肉体认识了神与美，且即此为止，我并不曾用其他方式破坏这种神与美的印象。正可说是一本完全图画的传奇，就中无一个文字。唯其如此，这个传奇也庄严到使我不能用文字来叙述。唯一可重现人我这种崇高美丽情感应当是音乐。但是一个轻微的叹息，一种目光的凝注，一点混合爱与怨的退避，或感谢与崇拜的轻微接近，一种象征道德极致的素朴，一种表示惊讶的呆，音乐到此亦不免完全失去了意义。这个传奇是……我在用人教育我，俨然陆续读了些不同体裁的传奇。这点机会，大多数却又是我先前所写的一堆故事为证明，我是诚实而细心，且奇特地能辨别人生理解人心，更知道庄严和粗俗的细微分量界限，不至于错用或滥用，因此能翻阅这些奇书。不过度量一切，自然用的是我从乡下随身带来的尺和秤。若由一般社会所习惯的权衡来度量我的弱点和我的坦白，则我存在的意义存在的价值早已失去了。因为我也许在"偶然"中翻阅了些不应道及的篇章。

然而正因为弱点和坦白共同在性格或人格上表现，如此单纯而明朗，使我在婚姻上见出了奇迹。在连续而来的挫折中，做主妇的始终能保留那个幸福的幻影，而且还从其他方式上去证实它。这种事由别人看来为不可解，恰恰如我为这个问题写的一个短篇所描写到的情形："当两人在熟人面前被人称为'佳偶'时，就用微笑表示'也像冤家'；又或在熟人神气间被目为'冤家'时，仍用微笑表示'实是佳偶'。"由自己说来，也极自然。只因为理解到"长处"和"弱点"原是生命使用方式上的不同，情形必然就会如此。一切基于理解。我是个云雀，经常向碧空飞得很高很远，到一定程度，终于还是直向下坠，归还旧窠。

再过了四年，战争把世界地图和人类历史全改变了过来，同时从极小处，也重造了人与人的关系，以及这个人在那个人心上的位置。

一个聪明善感的女孩子，年纪大了点时，自然都乐意得到一个朋友的信托，更乐意从一个朋友得到一点有分际的、混合忧郁和热忱所表示的轻微疯狂，用作当前剩余青春的点缀，以及明日青春消逝温习的凭证。如果过去一时，还保留一些美好印象，印象的重叠，使人在取予上自然都不能不变更一种方式，见出在某些事情上的宽容为必然，在某种事情上的禁忌为不必要，无形中都放弃了过去时的那点警惧心和防卫心。因此虹和星都若在望中，我俨然可以任意去伸手摘取。可是我所注意摘取的，应当说，却是自己生命追求抽象原则的一种形式。我只希望如何来保留这种热忱到文字中。对于爱情或友谊本身，已不至于如何惊心动魄来接近它了。我懂得"人"多了一些，懂得自己也多了些。在"偶然"之一过去所以自处的"安全"方式上，我发现了节制的美丽。在另外一个"偶然"目前所以自见的"忘我"方式上，我又发现了忠诚的美丽。在第三个"偶然"所希望于未来"谨慎"方式上，我还发现了谦退中包含勇气与明智的美丽。……生命取舍的多方，因之使我不免有点"老去方知读书少"的自觉。我还需要学习，从更多陌生的书以及少数熟习的人学习点"人生"。

因此一来，"我"就重新成为一个毫无意义的字言，因为很快即完全消失到一些"偶然"的颦笑中和这类颦笑取舍中了。

失去了"我"后却认识了"神"，以及神的庄严。墙壁上一方黄色阳光、庭院里一点花草、蓝天中一粒星子，人人都有机会见到的事事物物，多用平常感情去接近它。

对于我，却因为和"偶然"某一时的生命同时嵌入我记忆中印象中，它们的光辉和色泽，就都若有了神性，成为一种神迹了。不仅这些与"偶然"间一时浸入我生命中的东西，含有一种神性，即对于一切自然景物，到我单独默会它们本身的存在和宇宙微妙关系时，也无一不感觉到生命的庄严。一种由生物的美与爱有所启示、在沉静中生长的宗教情绪，无可归纳，我因之一部分生命，竟完全消失在对于一切自然的皈依中。这种简单的情感，很可能是一切生物在生命和谐时所同具的，且必然是比较高级生物所不能少的。然而人若保有这种情感时，却产生了伟大的宗教，或一切形式精美而情感深致的艺术品。

对于我呢，我什么也不写，亦不说。我的一切官能都似乎在一种崭新教育中，经验了些极纤细微妙的感觉。

我用这种"从深处认识"的情感来写故事，因之产生了《长河》，这个作品的被扣留无从出版，不是偶然了。因为从普通要求说来，对战事描写，是不必要如此向深处掘发的。

我住在一个乡下，因为某种工作，得常常离开了一切人，单独从个宽约七里的田坪通过。若跟随引水道曲折走去，可见到长年活鲜鲜的潺潺流水中，有无数小鱼小虫，

随流追逐，悠然自得，各有其生命之理。平流处多生长了

簇簇野生慈姑，箭头形叶片虽比田中生长的较小，开的
小白花却很有生气。花朵如水仙，白瓣黄蕊，成一小串，
从中心挺起。路旁尚有一丛丛刺蓟科野草，开放翠蓝色小
花，比毋忘我草形体尚清雅脱俗，使人眼目明爽，如对无
云碧穹。花谢后却结成无数小小刺球果子，便于借重野兽
和家犬携带到另一处繁殖。若从其他几条较小路上走去，
蚕豆和麦田中，照例到处生长浅紫色樱草，花朵细碎而妩
媚，还带上许多白粉。采摘来时不过半小时即枯萎，正因
为生命如此美丽脆弱，更令人感觉生物中求生存与繁殖的
神性。在那两旁铺满色彩绚丽花朵细小的田塍上，且随时
可看到成对的羽毛黑白分明异常清洁的鹡鸰，见人时微带
惊诧，一面飞起一面摇颠着小小长尾，在豆麦田中一起一
伏，似乎充满了生命的悦乐。还有那个顶戴大绒冠的戴胜
鸟，披负一身杂毛，一对小眼睛骨碌碌地对人痴看，直到
来人近身时，方微带匆促展翅飞去。本地秧田照习惯不做
他用。除三月时育秧，此外长年都浸在一片浅水里，另外
几方小田种上慈姑莲藕的，也常是一片水。不问晴雨，这
种田中照例有三两只缩肩秃尾白鹭鸶，清癯而寂寞，在泥
沼中有所等待，有所寻觅。又有种鸥形水鸟，在田中走动

时，肩背毛羽全是一片美丽桃灰色，光滑而带丝网光泽，有时数百成群在空中翻飞游戏，因翅翼下各有一片白，便如一阵光明的星点，在蓝穹下动荡。小村子有一道流水穿过，水面人家土墙边，都用带刺香花做篱笆，带雨含露成簇成串的小白花，常低垂到人头上，得一面撩拨方能通过。树下小河沟中，常有小孩子捉鳅拾蚌，或精赤身子相互浇水取乐。村子中老妇人坐在满是土蜂窠的向阳土墙边取暖，屋角隅可听到有人用大石杵缓缓的捣米声，景物人事相对照，恰成一稀奇动人景象。过小村落后又是一片平田，菜花开时，眼中一片黄，鼻底一片香。土路不十分宽，驮麦粉的小马和驮烧酒的小马，与迎面来人擦身而过时，赶马押运货物的，却远远地在马后喊"让马"，从不在马前牵马让人。因此行人必照规矩下到田塍上去，等待马走过时再上路。菜花一片黄的平田中，还可见到整齐成行的细枯胡麻，竟像是完全为装饰用，一行一行栽在中间，在瘦小脆弱的本端，开放一朵朵翠蓝色小花，花头略略向下低垂，张着小嘴如铃兰样子，风姿娟秀而明媚，在阳光下如同向小蜂小虫微笑："来，吻我，这里有蜜！……"

眼目所及都若有神迹在其间，且从这一切都可发现有"偶然"的友谊的笑语和爱情芬芳。

在另一方面，人事上自然也就生长了些看不见的轻微的妒忌，无端的忧虑，有意的间隔，和那种无边无际累人而又闷人的白日梦。尤其是一点眼泪，来自爱怨交缚的一方，一点传说，来自得失未明的一方，就在这种人与人、"偶然"与"偶然"的取舍分际上，我似乎重新接受了一种人生教育。矢来有向或矢来无向，我却一律听之直中所欲中心上某点，不逃避，不掩护。我处在一种极端矛盾情形中，然而到用自己那个尺寸来衡量时，却感觉生命实复杂而庄严。尤其是从一个"偶然"的眩目景象中离开，走到平静自然下见到一切时，生命的庄严有时竟完全如一个极虔诚的教徒。谁也想象不到我生命是在一种什么形式下燃烧。即以这个那个"偶然"而言，所知道的似乎就只是一些片断，不完全的一体。

我写了无数篇章，叙述我的感觉或印象，结果却不曾留下。正因为各种试验，都证明它无从用文字保存。或只合保存在生命中，且即同一回事，在人我生命中，意义上也完全不同。

我那点只用自己尺寸度量人事得失的方式，不可免要反映到对"偶然"的缺点辨别上。这种细微感觉在普通人我关系上绝体会不到，在比较特殊的一种情形上，便自然会发生变化。恰如甲状腺在水中的情形，分量即或极端稀少，依然可以测出。在这个问题上，我明白我泛神的思想，即曾经损害到这个或那个"偶然"的幽微感觉是种什么情形。我明知语言行为都无补于事实，便用沉默应付了一些困难，尤其是应付轻微的妒忌，以及伴同那个人类弱点而来的一点埋怨，一点责难，一点不必要的设计。我全当作"自然"。我自觉已尽了一个朋友所能尽的力，来在友谊上用最纤细感觉接受纤细反应。而且在诚实外还那么谨慎小心，从不曾将"乡下人"的方式，派给一个城中朋友，一切有分际的限制，即所以保护到情感上的安全。然而问题也许就正在此。"你口口声声说是一个乡下人，却从不用乡下人的坦白来说明友谊，却装作绅士。然而在另外一方面，你可能又完全如一个乡下人。"我就用沉默将这种询问所应有的回声，逼回到"偶然"耳中去。于是"偶然"走了。

其次是正在把生活上的缺点从习惯中扩大的"偶然"，当这种缺点反映到我感觉上时，她一面即意识到在过去一时某些稍稍过分行为中，失去了些骄傲，无从收回，一面即经验到必须从另外一种信托上，方能取回那点自尊心，或更换一个生活方式，方可望产生一点自信心。

正因为热情是一种教育，既能使人疯狂糊涂，也能使人明彻深思。热情使找对于"偶然"感到惊讶，无物不"神"，却使"偶然"明白自己只是一个"人"，乐意从人的生活上实现个人的理想与个人的梦。

到"偶然"思索及一个人的应得种种名分与事实时，当然有了痛苦。因为发觉自己所得到虽近于生命中极纯粹的诗，然而个人所期待所需要的还只是一种具体生活。纯粹的诗虽能作一个女人青春的装饰，华美而又有光辉，然而并不能够稳定生命，满足生命。再经过一些时间的澄滤，便得到如下的结论："若想在他人生命中保有'神'的势力，即得牺牲自己一切'人'的理想。若希望证实'人'的理想，即必须放弃当前唯'神'方能得到的一切。热情能给人兴奋，也给人一种无可形容的疲倦。尤其是在'纯粹的诗'和'活鲜鲜的人'愿望取舍上，更加累人。""偶然"就如数年前一样，用着无可奈何的微笑，掩盖到心中受伤处，离开了我。临走时一句话不说。我却从她沉默中，听到一种申诉："我想去想来，我终究是个人，并非神，所以我走了。若以为这是我一点私心，这种猜测也不算错误。因为我还有我做一个人的希望。并且我明白离开你后，在你生命中保有的印象。那么下去，不说别的，即这种印象在习惯上逐渐毁灭，对于我也受不了。若不走，留到这里算是什么？在时间交替中我能得到些什么？我不能尽用诗歌生存下去，恰恰如你说的不能用好空气和好风景活下去一样。我是个并不十分聪明的女人，这也许正是使我把一首抒情诗当作散文去读的真正原因。我的行为并不求你原谅，因为给予的和得到的已够多，不需用这种泛泛名词来自解了。说真话，这一走，这个结论对于你也不十分坏！有个幸福的家庭，有一个——应当说有许多的'偶然'，都在你过去生活中保留一些印象。你得到所能得到的，也给予所能给予的。尤其是在给予一切后，你反而更丰富更充实地存在。"于是"偶然"留下一排插在发上的玉簪花，摇摇头，轻轻地开了门，当真就走去了。其时天落了点微雨，雨后有彩虹在天际。

我并不如一般故事上所说的身心崩毁，反而变得非常沉静。因为失去了"偶然"，我即得回了理性。我向虹起处方向走去，到了一个小小山头上。过一会儿，残虹消失到虚无里去了，只剩余一片在变化中的云影。那条素色的虹霓，若干年来在我心上的形式，重新明明朗朗在我眼前现出。我不由得不为"人"的弱点和对于这种弱点挣扎的努力，感到一点痛苦。

　　"'偶然',你们全走了,很好。或为了你们的自觉,或为了你们的弱点,又或不过是为了生活上的习惯,既以为一走即可得到一种解放、一些新生的机缘,且可从另外人事上收回一点过去一时在我面前快乐行为中损失的尊严和骄傲,尤其是生命的平衡感和安全感的获得,在你认为必需时,不拘用什么方式走出我生命以外,我觉得都是必然的。可是时间带走了一切,也带走了生命中最光辉的青春,和附于青春而存在的羞怯的笑、优雅的礼貌、微带矜持的应付、极敏感的情分取予,以及那个肉体的完整形式、华美色泽和无比芳香。消失的即完全消失到不可知的'过去'里了。然而却有一个朋友能在印象中保留它,能在文字中重现它,……你如想寻觅失去的生命,是只有从这两方面得到,此外别无方法。你也许以为失去了我,即可望得到'明天',但不知生命真正失去了我时,失去了'昨天',活下来对于你是种多大的损失!"

　　自从"偶然"离开了我后,云南就只有云可看了。黄昏薄暮时节,天上照例有一抹黑云,那种黑而秀的光景,不免使我想起过去海上的白帆和草地上黄花,想起种种虹影和淡白星光,想起灯光下的沉默继续沉默,想起墙壁上慢慢地移动那一方斜阳,想起瓦沟中的绿苔和细雨,微风中轻轻摇头的狗尾草……想起一堆希望和一点疯狂，终于如何又变成一片蓝色的火焰、一撮白灰。这一切如何教育我认识生命最离奇的遇合与最高的意义。

当前在云影中恰恰如过去在海岸边，我获得了我的单独。

那个失去了十年的理性，回到我身边来了。

"你这个对政治无信仰对生命极关心的乡下人，来到城市中'用人教育我'，所得经验已经差不多了。你比十年前稳定得多也进步得多了。正好准备你的事业，即用一支笔来好好地保留最后一个浪漫派在二十世纪生命取予的形式，也结束了这个时代这种情感发炎的症候。你知道你的长处，即如何好好地善用长处。成功或胜利在等待你，嘲笑和失败也在等待你；但这两件事对于你都无多大关系。你只要想到你要处理的也是一种历史，属于受时代带走行将消灭的一种人我关系的历史，你就不至于迟疑了。"

"成功与幸福，不是智士的目的，就是俗人的期望，这与我全不相干。真正等待我的只有死亡。在死亡来临以前，我也许还可以做点小事，即保留这些'偶然'浸入一个乡下人生命中所具有的情感冲突与和谐程序。我还得在'神'之解体的时代，重新给神做一种赞颂。在充满古典庄严与雅致的诗歌失去光辉和意义时，来谨谨慎慎写最后一首抒情诗。我的妄想在生活中就见得与社会隔阂，在写作上自然更容易与社会需要脱节。不过我还年轻，世故虽能给我安全和幸福，一时还似乎不必来到我身边。我已承认你十年前的意见，即将一切交给'偶然'和'情感'为得计。我好像还要受另外一种'偶然'所控制，接近她时，我能从她的微笑和皱眉中发现神，离开她时，又能从一切自然形式色泽中发现她。这也许正如你所说，因为我是个对一切无信仰的人，却只信仰'生命'。这应当是我一生的弱点，但想想附于这个弱点下的坦白与诚实，以及对于人性细致感觉理解的深致，我知道，你是第一个就首先对于我这个弱点加以宽容了。我还需要回到海边去，回到'过去'那个海边。至于别人呢，我知道她需要的倒应当是一个'抽象'的海边。两个海边景物的明丽处相差不多，不同处其一或是一颗孤独的心的归宿上，其一却是热情与梦结合而为一使'偶然'由'神'变'人'的家……"

"唉，我的浮士德，你说得很美，或许也说得很对。你还年轻，至少当你被这种暗黄黄灯光所诱惑时，就显得相当年轻。我还相信这个广大的世界，尚有许多形体、颜色、声音、气味，都可以刺激你过分灵敏的官觉，使你变得真正十分年轻。不过这是不中用的。因为时代过去了。在过去时代能激你发狂引你入梦的生物，都在时间漂流中消失了匀称与丰腴，典雅与清芬。能教育你的正是从过去时代培植成功的典型。时间在成毁一切，都行将消灭了。代替而来的将是无计划无选择随同海上时髦和政治需要繁殖的一种简单范本。在这个新的时代进展中，你是个不必要的人物了。在这个时代中，你的心即或还强健而坚韧，也只合为'过去'而跳跃，不宜于用在当前景象上了。你需要休息休息了，因为在这个问题上徘徊实在太累。你还有许多事情可做，纵不乐成也得守常。有些责任，即与他人或人类幸福相关的责任。你读过那本题名《情感发炎及其治疗》的奇书，还值得写成这样一本书。且不说别的，即你这种文字的格式，这种处理感觉和思想的方法，也行将成为过去，和当前体例不合了!"

"是不是说我老了?"

没有得到任何回答。

天气冷了些，桌前清油灯加了个灯头，两个灯头燃起两朵青色小小火焰，好像还不够亮。灯光总是不大稳定，正如一张发抖的嘴唇，代替过去生命吻在桌前一张白纸上。十年前写《边城》时，从槐树和枣树枝叶间滤过的阳光如何照在白纸上，恍惚如在目前。灯光照及油瓶、茶杯、银表、书脊和桌面遗留的一小滴油时，曲度相当处都微微返着一点光。我心上也依稀返着一点光影，照着过去，又像是为过去所照彻。

小房中显得宽阔，光影照不及处全是一片黑暗。

我应当在这一张白纸上写点什么？一个月来因为写"人"，作品已第三回被扣，证明我对于大事的寻思，文字体例显然当真已与时代不大相合。因此试向"时间"追究，就见到那个过去。然而有些事，已多少有点不同了。

"时间带走了一切，天上的虹或人间的梦，或失去了颜色，或改变了式样。即或你自以为有许多事尚好好保留在心上，可是，那个时间在你不大注意时，却把你的心变硬了，变钝了，变得连你自己也不大认识自己了。时间在改造一切，星宿的运行，昆虫的触角，你和人，同样都在时间下失去了固有的位置和形体。尤其是美，不能在风光中静止。人生可悯。"

"温习过去，变硬了的心也会柔软的！到处地方都有个秋风吹上人心的时候，有个灯光不大明亮的时候，有个想向'过去'伸手，若有所攀缘，希望因此得到一点助力，方能够生活得下去时候。"

"这就更加可悯！因为印象的温习，会追究到生活之为物，不过是一种连续的负心。凡事无不说明忘掉比记住好。'过去'分量若太重，心子是载不住它的。忘不掉也得勉强。这也正是一种战争！败北且是必然的结果。"

是的，这的确也是一种战争。我始终对面前那两个小小青色火焰望着。灯头不知何时开了花，"在火焰中开放的花，油尽灯熄时，才会谢落的。"

"你比拟得好。可是人不能在美丽比喻中生活下去。热情本身并不是象征，它燃烧了自己生命时，即可能燃烧别人的生命。到这种情形下，只有一件事情可做，即听它燃烧，从相互燃烧中有更新生命产生（或为一个孩子，或为一个作品）。那个更新生命方是象征热情。人若思索到这一点，为这一点而痛苦，痛苦在超过忍受能力时，自然就会用手去剔剔你所谓要在油尽灯熄时方谢落的灯花。那么一来，灯花就被剔落了。多少人即如此战胜了自己的弱点，虽各在撤退中救出了自己，也正可见出爱情上的勇气和决心。因为不是件容易事，虽损失够多，做成功后还将感谢上帝赐给他的那点勇气和决心。"

"不过，也许在另外一时，还应当感谢上帝给了另外一个人的弱点，即您灯光引带他向过去的弱点。因为在这种弱点上，生命即重新得到了意义。"

"既然自己承认是弱点，你自己到某一时也会把灯花剔落的。"

我当真就把灯花剔落了。重新添了两个灯头，灯光立刻亮了许多。我要试试看能否有四朵灯花在深夜中同时开放。

一切都沉默了，只远处有风吹树枝，声音轻而柔。

油慢慢地燃尽时，我手足都如结了冰，还没有离开桌边。

灯光虽渐渐变弱，还可以照我走向过去，并辨识路上所有和所遭遇的一切。情感似乎重新抬了头，我当真变得好像很年轻，不过我知道，这只是那个过去发炎的反应，不久就会平复的。

屋角风声渐大时，我担心院中那株在小阳春十月中开放的杏花，会被冷风冻坏。

"我关心的是一株杏花还是几个人？是几个在过去生命中发生影响的人，还是另外更多数未来的生存方式？"
等待回答，没有回答。

一九四二年作

生命

我好像为什么事情很悲哀，我想起"生命"。

每个活人都像是有一个生命，生命是什么，居多人是不曾想起的，就是"生活"也不常想起。我说的是离开自己生活来检视自己生活这样事情，活人中就很少那么做，因为这么做不是一个哲人，便是一个傻子了。"哲人"不是生物中的人的本性，与生物本性那点兽性离得太远了，数目稀少正见出自然的巧妙与庄严。因为自然需要的是人不离动物，方能传种。虽有苦乐，多由生活小小得失而来，也可望从小小得失得到补充与调整。一个人若尽向抽象追究，结果纵不至于违反自然，亦不可免疏忽自然，观念将痛苦自己，混乱社会。因为追究生命意义时，即不可免与一切习惯秩序冲突。在同样情形下，这个人脑与手能相互为用，或可成为一思想家、艺术家；脑与行为能相互为用，或可成为一革命者。若不能相互为用，引起分裂现象，末了这个人就变成疯子。其实哲人或疯子，在违反生物原则、否认自然秩序上，将脑子向抽象思索，意义完全相同。

我正在发疯，为抽象而发疯。我看到一些符号，一片形、一把线、一种无声的音乐、无文字的诗歌。我看到生命一种最完整的形式，这一切都在抽象中好好存在，在事实前反而消灭。

有什么人能用绿竹做弓矢，射入云空，永不落下？我之想象，犹如长箭，向云空射去，去即不返。长箭所注，在碧蓝而明静之广大虚空。

明智者若善用其明智，即可从此云空中，读示一小文，文中有微叹与沉默、色与香、爱和怨。无著者姓名。无年月。无故事。无……然而内容极柔美。虚空静寂，读者灵魂中如有音乐。虚空明蓝，读者灵魂上却光明净洁。

大门前石板路有一个斜坡，坡上有绿树成行，长干弱枝，翠叶积叠，如翠翠，如羽葆，如旗帜。常有山灵，秀腰白齿，往来其间。遇之者即喑哑。爱能使人喑哑——

一种语言歌呼之死亡。"爱与死为邻"。

然抽象的爱，亦可使人超生。爱国也需要生命，生命力充溢者方能爱国。至如阉寺性的人，实无所爱，对国家，貌作热诚；对事，马马虎虎，对人，毫无情感；对理想，异常吓怕。也娶妻生子，治学问教书，做官开会，然而精神状态上始终是个阉人。与阉人说此，当然无从了解。

夜梦极可怪。见一淡绿百合花，颈弱而花柔，花身略有斑点青渍，倚立门边微微动摇。在不可知地方好像有极熟悉的声音在招呼：

"你看看好，应当有一粒星子在花中。仔细看看。"

于是伸手触之。花微抖，如有所怯。亦复微笑，如有所恃。因轻轻摇触那个花柄，花蒂，花瓣，近花处几片叶子全落了。

如闻叹息，低而分明。

……

雷雨刚过。醒来后闻远处有狗吠，吠声如豹。半迷糊中卧床上默想，觉得惆怅之至。因百合花在门边动摇，被触时微抖或微笑，事实上均不可能！

起身时因将经过记下，用半浮雕手法，如玉工处理一片玉石，琢刻割磨。完成时犹如一壁炉上小装饰。精美如瓷器，素朴如竹器。

　　一般人喜用教育、身份，来测量这个人道德程度，尤其是有关乎性的道德。事实上这方面的事情，正复难言。有些人我们应当嘲笑的，社会却常常给以尊敬，如阉寺。有些人我们应当赞美的，社会却认为罪恶，如诚实。多数人所表现的观念，照例是与真理相反的。多数人都乐于在一种虚伪中保持安全或自足心境，因此我焚了那个稿件。我并不畏惧社会，我厌恶社会，厌恶伪君子，不想将这个完美诗篇，被伪君子眼目所污渎。

　　百合花极静。在意象中尤静。

　　山谷中应当有白中微带浅蓝色的百合花，弱颈长蒂，无语如语，香清而淡，躯干秀拔。花粉作黄色，小叶如翠珰。

　　法朗士曾写一《红百合》故事，述爱欲在生命中所占地位、所有形式，以及其细微变化。我想写一《绿百合》，用形式表现意象。

绿魇

一　绿

　　我躺在一个小小山地上，四围是草木蒙茸枝叶交错的绿荫，强烈阳光从枝叶间滤过，洒在我身上和身前一片带白色的枯草间。松树和柏树做成一朵朵墨绿色，在十丈远近河堤边排成长长的行列。同一方向距离稍近些，枝柯疏朗的柿子树，正挂着无数玩具一样明黄照眼的果实。在左边，更远一些的公路上，和较近人家屋后，尤加利树高摇摇的树身，向天直矗，狭长叶片杨条鱼一般在微风中闪泛银光。近身园地中那些石榴树丛，各自在阳光下立定，叶子细碎绿中还夹杂些鲜黄，阳光照及处都若纯粹透明。仙人掌的堆积物，在园坎边一直向前延展，若不受小河限制，俨然即可延展到天际。肥大叶片绿得异常哑静，对于阳光竟若特有情感，吸收极多，生命力因之亦异常饱满。最动人的还是身后高地那一片待收获的高粱，枝叶在阳光雨露中已由青泛黄，各顶着一丛丛紫色颗粒，在微风中特具萧瑟感，同时也可从成熟状态中看出这一年来人的劳力与希望结合的庄严。从松柏树的行列缝隙间，还可看到远处浅淡的绿原，和那些刚由闪光锄头翻过赭色的田亩相互交错，以及镶在这个背景中的村落，村落尽头那一线银色湖光。在我手脚可及处，却可从银白光泽的狗尾草细长枯茎和黄茸茸杂草间，发现各式各样绿的等级完全不同的小草。

我努力想来捉捕这个绿芜照眼的光景，和与这个清洁明朗空气相衬从平田间传来的锄地声，从村落中传来的舂米声、从山坡下一角传来的连枷扑击声、从空气中传来的虫鸟搏翅声，以及由于这些声音共同形成的特殊静境，手中一支笔，竟若丝毫无可为力。只觉得这一片绿色、一组声音、一点无可形容的气味综合所做成的境界，使我视听诸官觉沉浸到这个境界中后，已转成单纯到不可思议。企图用充满历史霉斑的文字来写它时，竟是完全的徒劳。

地方对于我虽并不完全陌生，可是这个时节耳目所接触，却是个比梦境更荒唐的实在。

强烈的午后阳光，在云上，在树上，在草上，在每个山头黑石和黄土上，在一枚爬着的飞动的虫蚁触角和小脚上，在我手足颈肩上，都恰像一只温暖的大手，到处给以同样充满温情的抚摩。但想到这只手却是从亿万里外向所有生命伸来的时候，想象便若消失在天地边际，使我觉得生命在阳光下，已完全失去了旧有意义了。

其时松树顶梢有白云驰逐，正若自然无目的游戏。阳光返照中，天上云影聚拢复散开；那些大小不等云彩的阴影，便若匆匆忙忙地如奔如赴从那些刚过收割期不久的远近田地上一一掠过，引起我一点点新的注意。我方从那些灰白色残余禾株间，发现了些银绿色点子。原来十天半月前，庄稼人趁收割时嵌在禾株间的每一粒蚕豆种子，在润湿泥土与和暖阳光中，已普遍从薄而韧的壳层里解放了生命，茁起了小小芽梗。有些下种较早的，且已变成绿芜一片。小溪边这里那里，到处有白色蜉蝣蚊蠓，在阳光下旋成一个柱子，队形忽上忽下，表示对于暂短生命的悦乐。阳光下还有些红黑对照色彩鲜明的小甲虫，各自从枯草间找寻可攀登的白草，本意俨若就只是玩玩，到了尽头时，便常常从草端从容堕下，毫不在意，使人对于这个小小生命所具有的完整性，感到无限惊奇。忽然间，有个细腰大头黑蚂蚁，爬上了我的手背，仿佛有所搜索，到后便停顿在中指关节间，偏着个头，缓慢舞动两个小小触须，好像带点怀疑神气，向阳光提出询问：

"这是什么东西？有什么用处？"

我于是试在这个纸上，开始写出我的回答：

"这个古怪东西名叫手爪，和动物的生存发展大有关系。最先它和猴子不同处，就是这个东西除攀树走路以外，偶然发现了些别的用途。其次是服从那个名叫脑子的妄想，试做种种活动，因此这类动物中慢慢地就有了文化和文明，以及代表文化文明的一切事事物物。这一处动物和那一处动物，既生存在气候不同物产不同迷信不同环境中，脑子的妄想以及由于妄想所产生的一切，发展当然就不大一致。到两方面失去平衡时，因此就有了战争。战争的意义，简单一点说来，便是这类动物的手爪，暂时各自返回原始的用途，用它来撕碎身边真实或假想的仇敌，并用若干年来手爪和脑子相结合产生的精巧工具，在一种多少有点疯狂恐怖情绪中，毁灭那个妄想与勤劳的成果，以

及一部分年轻生命。必须重新得到平衡后，这个手爪方有
机会重新用到有意义方面去。那就是说生命的本来，除战
争外有助于人类高尚情操的种种发展。战争的好处，凡是
这类动物都异常清楚，我向你可说的也许是另外一回事，
是因动物所住区域和皮肤色泽产生的成见，与各种历史上
的荒谬迷信，可能会因之而消失，代替来的虽无从完全合
理，总希望可能比较合理。正因为战争像是永远去不掉的
一种活动，所以这些动物中具妄想天赋也常常被阿谀势力
号称'哲人'的，还有对于你们中群的组织，加以特别赞
美，认为这个动物的明日，会从你们组织中取法，来做一
切法规和社会设计的。关于这一点，你也许不会相信。可
是凡是属于这个动物的问题，照例有许多事，他们自己也
就不会相信！他们的心和手结合为一形成的知识，已能够
驾驭物质，征服自然，用来测量在太空中飞转的星球的重
量和速度，好像都十分有把握，可始终就不大能够处理
'情感'这个名词，以及属于这个名词所产生的种种悲
剧。大至于人类大规模的屠杀，小至于个人家庭纠纠纷
纷，一切'哲人'和这个问题碰头时，理性的光辉都不免
失去，乐意转而将它交给'伟人'或'宿命'来处理。这
也就是这个动物无可奈何处。到现在为止，我们还缺少一

种哲人，有勇气敢将这个问题放到脑子中向深处追究。也有人无章次地梦想过，对伟人宿命所能成就的事功怀疑，可惜使用的工具却已太旧，因之名叫'诗人'，同时还有个更相宜的名称，就是'疯子'。"

那只蚂蚁似乎并未完全相信我的种种胡说，重新在我手指间慢慢爬行，忽若有所悟，又若生怕触犯忌讳，急匆匆地向枯草间奔去，即刻消失了。它的行为使我想起十多年前一个同船上路的大学生，当我把脑子想到的一小部分事情向他道及时，他那种带着谨慎怕事惶恐逃走的神情，正若向我表示："一个人思索太荒谬了不近人情。我是个规矩公民，要的是可靠工作，有了它我可以养家活口。我的理想只是无事时玩玩牌，说点笑话，买点储蓄奖券。这世界一切都是假的，相信不得，尤其关于人类向上书呆子的理想。我只见到这种理想和那种理想冲突时的纠纷混乱，把我做公民的信仰动摇，把我找出路的计划妨碍。我在大学读过四年书，所得的结论，就是绝对不做书呆子，也不受任何好书本影响！"快二十年了，这个公民微带嘶哑充满自信的声音，还在我耳际萦回。这个朋友这时节说不定已做了委员厅长或主任，活得也好像很尊严很幸福。

一双灰色斑鸠从头上飞过，消失到我身后斜坡上那片高粱地里去了，我于是继续写下去，试来询问我自己：

"我这个手爪，这时节有些什么用处？将来还能够做些什么？是顺水浮舟，放乎江潭？是醋糟啜醨，拖拖混混？是打躬作揖，找寻出路？是卜课占卦，遣有涯生？"

自然无结论可得。一片绿色早把我征服了。我的心这个时节就毫无用处，没有取予，缺少爱憎，失去应有的意义。在阳光变化中，我竟有点怀疑，我比其他绿色生物，究竟是否还有什么不同处。很显明，即有点分别，也不会比那生着桃灰色翅膀、颈脖上围着花带子的斑鸠与树木区别还来得大。我仿佛触着了生命的本体。在阳光下包围于我身边的绿色，也正可用来象征人生。虽同一是个绿色，却有各种层次。绿与绿的重叠、分量比例略微不同时，便产生各种差异。这片绿色既在阳光下不断流动，因此恰如一个伟大乐曲的章节，在时间交替下进行，比乐律更精微处，是它所产生的效果，并不引起人对于生命的痛苦与悦乐，也不表现出人生的绝望和希望，它有的只是一种境界。在这个境界中，似乎人与自然完全趋于谐和，在谐和中又若还具有一分突出自然的明悟，必须稍次一个等级，才能和音乐所煽起的情绪相邻，再次一个等级，才能和诗歌所传递的感觉相邻。然而这个等次的降落只是一种比拟，因为阳光转斜时，空气已更加温柔，那片绿原渐渐染上一层薄薄灰雾，远处山头，有由绿色变成黄色的，也有由淡紫色变成深蓝色的，正若一个人从壮年移渡到中年，由中年复转成老年，先是鬓毛微斑，随即满头如雪，生命虽日趋衰老，一时可不曾见出齿牙摇落的日暮景象。其时生命中杂念与妄想，为岁月漂洗而去尽，一种清净纯粹之气，却形于眉宇神情间。人到这个状况下时，自然比诗歌和音乐更见得素朴而完整。

我需要一点欲念，因为欲念若与社会限制发生冲突，将使我因此而痛苦。我需要一点狂妄，因为若扩大它的作用，即可使我从这个现实光景中感到孤单。不拘痛苦或孤单，都可将我重新带进这个乱糟糟的人间，让固执的爱与热烈的恨，抽象或具体的交替来折磨我这颗心，于是我会从这个绿色次第与变化中，发现象征生命所表现的种种意志。如何形成一个小小花蕊，创造出一根刺，以及那个凭借草木在微风中摇荡飞扬旅行的银白色茸毛种子，成熟时自然轻轻爆裂弹出种子的豆荚，这里那里，还无不可发现一切有生为生存与繁殖所具有的不同德行。这种种德行，又无不本源于一种坚强而韧性的试验，在长时期挫折与选择中方能形成。我将大声叫嚷："这不成！这不成！我们

人的意志是个什么形式？在长期试验中有了些什么变化和
进展？它存在，究竟在何处？它消失，究竟为什么而消
失？一个民族或一种阶级，它的逐渐堕落，是不是纯由宿
命，一到某种情形下即无可挽救？会不会只是偶然事实，
还可能用一种观念一种态度将它重造？我们是不是还需要
些人，将这个民族的自尊心和自信心，用一些新的抽象原
则重建起来？对于自然美的热烈赞颂，对传统世故的极端
轻蔑，是否即可从更年轻一代见出新的希望？"

　　不知为什么，我的眼睛却被这个离奇而危险的想象弄
得迷蒙潮润了。

　　我的心，从这个绿荫四合所做成的奇迹中，和斑鸠一
样，向绿荫边际飞去，消失在黄昏来临以前的一片灰白雾
气中，不见了。

　　……一切生命无不出自绿色，无不取给于绿色，最终
亦无不被绿色所困惑。头上一片光明的蔚蓝，若无助于解
脱时，试从黑处去搜寻，或者还会有些不同的景象。一点
淡绿色的磷光，照及范围极小的区域，一点单纯的人性，
在得失哀乐间形成奇异的式样。由于它的复杂与单纯，将
证明生命于绿色以外，依然能存在，能发展。

二　黑

同样是强烈阳光中，长大院坪里正晒了一堆堆黑色的高粱，几只白母鸡在旁边啄食。一切寂静。院子一端草垛后的侧屋中，有木工的斧斤削砍声和低沉人语声，更增加这个乡村大宅院的静境。

当我第一次用"城里人"身份，进到这个乡户人家广阔庭院中，站在高粱堆垛间，为迎面长廊承尘梁柱间的繁复炫目金漆彩绘呆住时，引路的马夫便在院中用他那个沙哑嗓子嚷叫起来：

"二奶奶，二奶奶，有人来看你房子！"

那几只白母鸡起始带点惊惶神气，奔窜到长廊上去。二奶奶于是从大院左侧断续斧斤声中侧屋走了出来。六十岁左右，一身的穿戴，一切都是三十年前老辈式样。额间玄青缎勒正中一片绿玉，耳边两个玉镶大金环，阔边的袖口和衣襟，脸上手上象征勤劳的色泽和粗线条皱纹、端正的鼻梁、微带忧郁的温和眼神，以及从相貌中即可发现的一颗厚道单纯的心。我心想："房子好，环境好，更难得的也许还是这个主人。一个本世纪行将消失、前一世纪的正直农民范本。"

我稍微有点担心，这房子未必能够租给我。可是一分钟后，我就明白这点忧虑为不必要了。

于是照一般习惯。我开始随同这个肩背微偻的老太太各处走去。从那个充满繁复雕饰涂金绘彩的长廊，走进靠右的院落。在门廊间小小停顿时，我不由得不带着诚实赞美口气说："老太太，你这房子真好，木材多整齐，工夫多讲究！"

正像这种赞美是必然的，二奶奶便带着客气的微笑，指点第一间空房给我看，一面说："不好，不好，好哪样！城里好房子多哪多！"

我们在雕花隔扇间，在镂空贴金拼嵌福寿字样的过道窗口下，在厅子里，在楼梯边，在一切分量沉重式样古拙朱漆灿然的家具旁，在连接两院低如船厅的长形客厅中，在宽阔楼梯上，在后楼套房小小窗口那一缕阳光前，在供神木座一堆黝黑放光的铜像左右，到处都停顿了一会儿。这期间，或是二奶奶听我对于这个房子所做的赞赏，或是我听二奶奶对于这个房子的种种说明。最后终于从靠左一个院落走出，回到前面大院子中，在那个六方边沿满是浮雕戏文故事的青石水缸旁站定，一面看木工拼合寿材，一面讨论房子问题。

"先生看可好？好就搬来住！楼上、楼下，你要的我就打扫出来。那边院子归我做主，这边归三房，都好商量。可要带朋友来看看？"

"老太太，房子太好了。不用再带我那些朋友来看了。我们这时节就说好。后楼连佛堂算六间，前楼三间，楼下长厅子算两间，全部归我。今天二十五，下月初我们一定会搬来。老太太，你可不能翻悔，又另外答应别人。"

"好啰，好啰，就是那么说。你们只管来好了。我们不是城里那些租房子的，乡下人心直口直，说一是一，你放心。"

走出了这个人家大门，预备上马回到小县城里去看看时，已不见原来那匹马和马夫，门前路坎边，有个乡下公务员模样的中年人，正把一匹枣骝马系在那一株高大仙人掌树干上，景象自然也是我这个城里人少见的。转过河堤前时，才看到马和马夫共同在那道小河边饮水。

这房子第一回给我的印象，竟简直像做个荒唐的梦。那个寂静的院落，那青石做成的雕花大水缸，那些充满东方人将巧思织在对称图案上的金漆隔扇，那些大小笨重的家具，尤其是后楼那几间小套房，房间小小的，窗口小小的，一缕阳光斜斜地从窗口流进，由暗朱色桌面逼回，徘徊在那些或黑或灰庞大的瓶罂间，所形成的那种特别空气、那种稀有情调，说陌生可并不吓怕，虽不吓怕可依然不易习惯，说真话，真使人不大相信是一个房间，这房间且宜于普通人住下！可是事实上，再过三五天，这些房间便将有大部分归我来处置，我和几个亲友，就会用这些房间来做家了！

在马上时，我就试把这些房间一一分配给朋友。画画的宜在楼下那个长厅中，虽比较低矮，可相当宽阔光亮。弄音乐的宜住后楼，虽然光线不足，有的是僻静，人我两不相妨。至于那个特殊情调，对于习音乐的也许还更相宜。前楼那几间单纯光亮房子，自然就归给我了。因为由窗口望出去，远山近树的绿色，对于我的工作当有帮助；早晚由窗口射进来的阳光，对于孩子们健康实更需要。正当我猜想到房东生活时，那个肩背微伛的马夫，像明白我的来意，便插口说：

"先生，可看中那房子？这是我们县里顶好一所大房子。不多不少，一共造了十二年。椽子柱子亏老爹上山一根一根找来！你留心看看，那些窗槅子雕的菜蔬瓜果、蛤蟆和兔子，样子全不相同，是一个木匠主事，用他的斧头凿子做成功的！还有那些大门和门闩，扣门锁门定打的大铁老鸹衼，那些承柱子的雕花石鼓，那些搬不出房门的大木床，哪一样不是我们县里第一！往年老当家的在世时，看过房子的人跷起大拇指说：'老爹，呈贡县唯有你这栋房子顶顶好！'老爹就笑起来说：'好哪样！你说的好。'其实老爹累了十二年，造成这栋大房子，最快乐的事，就是听人说这句话，他有机会回答这句话。老爹脾气怪，房子好不让小伙子住，说免得耗折福分。房子造好后好些房间都空着，老爹就又在那个房子里找木匠做寿材，自己监工，四个木匠整整做了一年，前后油漆了几十次，阴宅好后，他自己也就死了。新二房大爹接手当家，爱热闹，要大家迁进来住，谁知年轻小伙子各另有想头，读书的、做事的、有了新媳妇的，都乐意在省上租房子住。到老的讨了个小太太后，和二奶奶合不来，老的自己也就搬回老屋，不再在新房子里住，所以如今就只二奶奶守房子。好大栋房子，拿来收庄稼当仓屋用！省上有人来看房子，二奶奶高高兴兴带人楼上楼下打圈子，听人说房子好时，一定和那个老爹一样，会说'好哪样'。二奶奶人好心好，今年快七十了。大爹，别的学不到，只把过世老爹古怪脾气接过了手，家里人大小全都合不来。这几天听说二奶奶正请了可乐村的木匠做寿材，两副大四合寿木，要好几千中央票子！老夫老妇在生合不来，死后可还得埋在一个坑里。……家里如今已不大成。老当家在时，一共有十二个号口，十二个大管事来来去去都坐轿子，不肯骑马，老爹过去后只剩三个号口。民国十二年土匪看中了这房子，来住了几天，挑去了两担首饰银器，十几担现银元宝，十几担烟土。省里队伍来清乡，打走土匪后，又把剩下的东东西西扫刮搬走。这一来一往，家里也就差不多了。如今想发旺，恐怕要看小的一代去了。……先生，你可当真预备来疏散？房子清爽好住，不会有鬼的!"

从饶舌的马夫口里，无意中得到了许多关于这个房子的历史传说，恰恰补足了我所要知道的一切。

我觉得什么都好，最难得的还是和这个房子有密切关系的老主人，完全贴近土地的素朴的心、素朴的人生观。不提别的，单说将近半个世纪生存于这个单纯背景中所有的哀乐式样，就简直是一个宝藏，一本值得用三百五十页篇幅来写出的动人故事！我心想，这个房子，因为一种新的变动，会有个新的未来，房东主人在这个未来中，将是一个最动人的角色。

一个月后，我看过的一些房间，就已如我所估想的住下了人。在其他房间中，也住了些别的人。大宅院忽然热闹起来。四五个灶房都生了火，廊下到处牵上了晒衣裳的绳子，小孩子已发现了几个花钵中的蓓蕾，二奶奶也发现了小孩子在悄悄地掐折花朵，人类机心似乎亦已起始在二奶奶衰老生命和几个天真无邪孩子间有了些微影响。后楼几个房间和那两个佛堂，更完全景象一新，一种稀有的清洁，一种年轻女人代表青春欢乐的空气。佛堂既做了客厅，且做了工作室，因此壁上的大小乐器，以及这些乐器转入手中时伴同年轻歌喉所做成的细碎嘈杂，自然无一不使屋主人感到新的变化。

过不久，这个后楼佛堂的客厅中，就有了大学教授和大学生，成为谦虚而随事服务的客人，起始陪同年轻女孩子做饭后散步，带了点心食物上后山去野餐，还常常到三里外长松林间去赏玩白鹭群。故事发展虽慢，结束得却突然。有一回，一个女孩赞美白鹭，本意以为这些俊美生物与田野景致相映成趣。一个习社会学的大学教授，却充满男性的勇敢，向女孩子表示，若有支猎枪，就可把松树顶上这些白鹭一只一只打下来。白鹭并未打下，这一来，倒把结婚希望打落，于是留下个笑话，仿佛失恋似的走了。

大学生呢，读《红楼梦》十分熟习，欢喜背诵点旧诗，可惜几个女孩却不大欣赏这种多情才调。二奶奶依然每天早晚洗过手后，就到佛堂前来敬香，点燃香，作个揖，在北斗星灯盏中加些清油，笑笑地走开了。遇到女孩子们正在玩乐器，间或也用手试摸摸那些能发不同音响的筝笛琵琶，好像对于一个陌生孩子的抚爱。也坐下来喝杯茶，听听这些古怪乐器在灵巧手指间发出的新奇声音。这一切虽十分新奇，对于她内部的生命，却并无丝毫影响，对于她日常生活，也无何等影响。

随后楼下的青年画家，也留下些传说于几个年轻女孩子口中，独自往滇西大雪山下工作去了。住处便换了一对艺术家夫妇。壁上悬挂了些中画和西画，床前供奉了观音和耶稣，房中常有檀香山洋琵琶弹出的热情歌曲，间或还夹杂点充满中国情调新式家庭的小小拌嘴。正因为这两种生活交互替换，所以二奶奶即或从窗边走过，也决不能想象得出这一家有些什么问题发生。去了一个女仆，又换来一个女仆，这之间自然不可免也有了些小事情，影响到一家人的情绪。先生为人极谦虚有礼，太太为人极爱美好客，想不到两种好处放在一处反多周章。且不知如何一来，当家的大爹，忽然又起了回家兴趣，回来时就坐在厅子中，一面随地吐痰，一面打鸡骂狗。以为这个家原是他的产业，不许放鸡到处屙屎，妨碍卫生。艺术家夫妇恰好就养了几只鸡，这些扁毛畜生可不大能体会大爹脾气，也不大讲究卫生，因之主客之间不免冲突起来。于是有一个时节，这个院子便可听到很热烈的争吵声，大爹一面吵骂不许鸡随便屙屎，一面依然把黄痰向各处远远唾去，那些鸡就不分彼此地来竞争啄食。后楼客厅中，间或又来个女客。为人有道德能文章，写出的作品，温暖美好的文字，装饰的情感，无不可放在第一流作家中间。更难得的是，未结婚前，决不在文章中或生活上涉及恋爱问题，结了婚后推己及人，却极乐意在婚姻上成人之美。家中有个极好的柔软床铺，常常借给新婚夫妇使用。这个知名客人来了又走了，二奶奶还给人介绍认识过。这些目前或俗或雅或美或不美的事件，对她可毫无影响。依然每早上打扫打扫院子，推推磨石，扛个小小鸦嘴锄下田，晚饭时便坐在侧屋檐下石臼边，听乡下人说说本地米粮时事新闻。

　　随后是军队来了，楼下大厅正房做了团长的办公室和寝室，房中装了电话，门前有了卫兵，全房子都被兵士打扫得干干净净。屋前林子里且停了近百辆灰绿色军用机器脚踏车；村子里屋角墙边，到处有装甲炮车搁下。这些部队不久且即开拨进了缅甸，再不久，就有了失利消息传来，且知道那几个高级长官，大都死亡了。住在这个房子中的华侨中学学生，因随军入缅，也有好些死亡了。住在楼下某个人家，带了三个孩子返广西，半路上翻车，两个孩子摔死的消息也来了。二奶奶虽照例分享了同住人得到这些不幸消息时一点惊异与惋惜，且为此变化谈起这个那个，提出些近于琐事的回忆，可是还依然在原来平静中送走每一个日子。

艺术家夫妇走后，楼下厅子换了个商人，在滇缅公路上往返发了点小财。每个月得吃几千块钱纸烟的太太，业已生育了四个孩子，到生育第五个时，因失血过多，在医院死去了。住在隔院一个卸任县长，家中四岁大女孩，又因积食死去。住在外院侧屋一个卖陶器的，不甘寂寞，在公路上行凶抢劫，业已捉去处决。三分死亡影响到这个大院子。商人想要赶快续婚，带了一群孤雏搬走了。卸任县长事母极孝，恐老太太思念殇女成病，也迁走了。卖陶器的剩下的寡妇幼儿，在一种无从设想的情形下，抛弃了那几担破破烂烂的瓶罐，忽然也离开了。于是房子又换了一批新的寄居者，一个后方勤务部的办事处，和一些家属。过不到一月，办事处即迁走，留下那些家眷不动。几乎像是演戏一样，这些家眷中，就听到了有新做孤儿寡妇的。原来保山局势紧张时，有些守仓库的匆促中毁去汽油不少，一到追究责任时，黠诈的见机逃亡，忠厚的就不免受军事处分。这些孤儿寡妇过不久自然又走了，向不可知一个地方过日子去了。

习音乐的一群女孩子，随同机关迁过四川去了。

后来又迁来一群监修飞机场的工程师、几位太太、一群孩子，一种新的空气亦随之而来。卖陶器的住处换了一家卖糖的，用修飞机场工人做对象，从外县赶来做生意。到由于人类妄想与智慧结合所产生的那些飞机发动机怒吼声，二十三十日夜在这个房子上空响着时，卖糖的却已发了一笔小财，回转家乡买田开杂货铺去了。年前霍乱流行，一个村子一个村子的乡民，老少死亡相继。山上成熟的桃李，听他在树上地上烂掉，也不许在县中出卖。一个从四川开来的补充团，碰巧到这个地方，在极凄惨的情形中死去了一大半，多浅葬在公路两旁，翘起的瘦脚露出土外，常常不免将行路人绊倒。一些人的生命，仿佛受一种来自时代的大力所转动，无从自主。然而这个大院中，却又迁来一个寄居者，一个从爱情得失中产生灵感的诗人，住在那个善于唱歌吹笛的聪敏女孩子原来所住的小房中，想从窗口间一霎微光，或书本中一点偶然留下的花朵微香，以及一个消失在时间后业已多日的微笑影子，返回过去，稳定目前，创造未来。或在绝对孤寂中，用少量精美文字，来排比个人梦的形式与联想的微妙发展。每到小溪边去散步时，必携同朋友五岁大的孩子，用箬叶折成小船，装载上一朵野花、一个泛白的螺蚌、一点美丽的希望，并加上出于那个小孩子口中的痴而黠的祝福，让小船顺流而去。虽眼看去不多远，就会被一个树枝绊着，为急流冲翻，或在水流转折所激起的旋涡中消失，诗人却必然眼睛湿蒙蒙的，心中以为这个三寸长的小船，终会有一天流到两千里外那个女孩子身边。而且那些憔悴的花朵、那点诚实的希望，以及出自孩子口中的天真祝福，会为那个女孩子含笑接受。有时正当落日衔山，天上云影红红紫紫如焚如烧，落日一方的群山暗淡成一片墨蓝，东面远处群山，在落照中光影陆离仪态万千时，这个诗人却充满象征意味，独自去屋后经过风化的一个山冈上，眺望天上云彩的变幻和两面山色的倏忽。或偶然从山凹石罅间有所发现，必扳着那些摇摇欲坠的石块，努力去攀折那个野生带刺花卉，摘回来交给朋友，好像说："你看，我还是把它弄回来了，多险！"情绪中不自觉地充满成功的满足。诗人所住的小房间，既是那个善于吹笛唱歌女孩子住过的，到 切象征意味的爱情依然填不满生命的空虚，也耗不尽受抑制的充沛热情时，因之抱一宏愿，将用个三十万言小说，来表现自己。两年来，这个作品居然完成了大部分。有人问及作品如何发表时，诗人便带着不自然的微笑，十分郑重地说："这不忙发表，需要她先看过，许可发表时再想办法。"决不想到这个作品的发表与否，对于那个女孩子是不能成为如何重要问题的。就因他还完全不明白他所爱慕的女孩子，几年来正如何生存在另外一个风雨飘摇事实巨浪中。怨爱交缚，人我间情感与负气做成的无可奈何环境，所受的压力更如何沉重。这种种不仅为诗人梦想所不及，她自己也初不及料。一切变故都若完全在一种离奇宿命中，对于她加以种种试验。为希望从这个梦魇似的人生中逃出，得到稍稍休息，过不久或且又会回到这个旧居来。然而这方面，人虽若有机会回到这个唱歌吹笛的小楼上来，另一方面，诗人的小小箬叶船儿，却把他的欢欣的梦和孤独的忧愁，载向想象所及的一方，一直向前，终于消失在过去时间里，淡了，远了，即或可以从星光虹影中回来，也早把方向迷失了。新的现实还可能有多少新的哀乐，当事者或旁观者对之都全无所知。当有人告给二奶奶，说三年前在后楼住的最活泼的一位小姐，要回到这个房子来住住时，二奶奶快乐异常地说："那很好。住久了，和自己家里人一样，大家相安。×小姐人好心好，住在这里我们都欢喜她！"正若一个管理码头的，听说某一只船儿从海外归来神气一样自然，全不曾想到这只美丽小船三年来在海上连天巨浪中挣扎，是种什么经验。为得到这个经验，又如何弄得帆碎橹折，如今的小小休息，还是行将准备向另外一个更不可知的陌生航线驶去！

　　……日月运行，毫无休息，生命流转，似异实同，唯人生另有其庄严处，即因贤愚不等，取舍异趣，入渊升天，半由习染，半出偶然，所以兰桂未必齐芳，萧艾转易敷荣。动若常动，便若下坡转丸，无从自休。多得多患，多思多虑，有时无从用"劳我以生"自解，便觉"得天独全"可羡。静者常静，虽不为人生琐细所激发，无失亦无得，然而"其生若浮，其死则休"，虽近生命本来，单调又终若不可忍受。因之人生转趋复杂，彼此相慕，彼此相妒，彼此相争，彼此相学，相差相左，随事而生。凡此一切，智者得之，则生知识；仁者得之，则生悲悯；愚而好自用者得之，则又另有所成就。不信宿命的，固可从生命变易可惊异处，增加一分得失哀乐，正若对于明日犹可望凭知识或理性，将这个世界近于传奇部分去掉，人生便日趋于合埋。信仰宿命的，又一反此种"人能胜天"的见解，正若认为"思索"非人性本来，倦人而且恼人，明日事不若付之偶然，生命亦比较从容自在。不信一切，唯将生命贴近土地，与自然相邻，亦如自然一部分的，生命单纯庄严处，有时竟不可仿佛。至于相信一切的，到末了却将俨若得到一切，唯必然失去了用为认识一切的那个自己。

三 灰

在一堆具体的事实和无数抽象的法则上，我不免有点茫然自失，有点疲倦，有点不知如何是好。打量重新用我的手和想象，攀缘住一种现象，即或属于过去业已消逝的，属于过去即未真实存在的……必须得到它方能稳定自己。

我似乎适从一个辽远的长途归来，带着一点混合在疲倦中的淡淡悲伤，站在这个绿荫四合的草地上，向淡绿与浓赭相错而成的原野、原野尽头那个村落，伸出手去。

"给我一点点最好的音乐，肖邦或莫扎特，只要给我一点点，就已够了。我要休息在这个乐曲做成的情境中，不过一会儿，再让它带回到人间来，到都市或村落，钻入官吏懑预贪得的灵魂里，中年知识阶层倦于思索怯于怀疑的灵魂里，年轻男女青春热情被腐败势力虚伪观念所阉割后的灵魂里，来寻觅，来探索，来从这个那个剪取可望重新生长的种芽。即或它是有毒的，更能增加组织上的糜烂，可能使一种善良的本性发展有妨碍的，我依然要得到它，设法好好使用它。"

当我发现我所能得到的，只是一种思索继续思索，以及将这个无尽长链环绕自己束缚自己时，我不能不回到二奶奶给我寄居五年那个家里了。这个房子去我当前所在地，真正的距离，原来还不到两百步远近。

大院中正如五年前第一回看房子光景，晒了一地黑色高粱。二奶奶和另外三个女工，正站成一排，用木连枷击打地面高粱，且从均匀节奏中缓缓地移动脚步，让连枷各处可打到。三个女工都头裹白帕，使我记起五年前那几只从容自在啄食高粱的白母鸡。年轻女工中有一位好像十分面善，可想不起这个乡下妇人会引起我注意的原因，直到听二奶奶叫那女工说：

"小菊，小菊，你看看饭去。你让沈先生来试试，会不会打。"

我才知道这是小菊。我一面拿起握手处还温暖的连枷，一面想起小菊的问题，竟始终不能合拍，使得二奶奶和女工都笑将起来。真应了先前一时向蚂蚁表示的意见，这个手爪的用处，已离开自然对于五个指头的设计甚远，完全不中用了。可是使我分心的，还是那个身材瘦小说话声哑的农家妇人小菊。原来去年当收成时，小菊正在发疯。她的妈妈是个寡妇，住在离城十里的一个村子中，小小房子被一把天火烧了。事后除从灰里找出几把烧得变了形的农具和镰刀，已一无所有。于是趁收割季节带了两个女孩子，到龙街子来找工作。大女孩七岁，小女孩两岁，向二奶奶说好借住在大院子装谷壳的侧屋中，有什么吃什么，无工可做母女就去田里收拾残穗和土豆，一面用它充饥，一面储蓄起来，预备过冬。小菊是大女儿，已出嫁三年。丈夫出去当兵打仗，三年不来信，那人家想把她再嫁给一个人，收回一笔财礼，小菊并不识字，只因为想起两句故事上的话语："好马不配双鞍，烈女不嫁二夫。"为这个做人的抽象原则所困住，怕丢脸，不愿意再嫁。待赶回家去和她妈妈商量，才知道房子已烧去。许久又才找到二奶奶家里来，一看两个妹妹都嚼生高粱当饭吃，帮人无人要，因此就疯了。疯后整天大唱大嚷，各处走去。乡下小孩子摘下仙人掌追着她打闹，她倒像十分快乐。过一阵，生命力和积压在心中的委屈耗去了后，人安静了些，晚上就坐在二奶奶大门前，向人说自己的故事。到了夜里，才偷悄悄进到二奶奶家装糠壳的屋子里睡睡。这事有一天无意被三房骨都嘴嫂子发现了，就说："嗨，嗨，这还了得！疯子要放火烧房子，什么人敢保险！"半夜里把小菊赶了出去，听她在野地里过夜。并说"疯子冷冷就会好"。房子既是几房合有的，二奶奶不能自作主张，只好悄悄地送些东西给小菊的妈。过了冬天，这一家人扛了两口袋杂粮，携儿带女走到不知何处去了，大家对于小菊也就渐渐忘记了。

我回到房中时，才知道小菊原来已在一个地方做工，这回是特意来看二奶奶，还带了些栗子送礼。因为母女去年在这里时，我们常送她饭吃，也送我们一些栗子。

到我家来吃晚饭的一个青年朋友，正和孩子们充满兴趣用小刀小锯做小木车，重新引起我对于自己这双手感到使用方式的怀疑。吃过饭后，朋友说起他的织袜厂最近所遭遇的困难，因原料缺少，无从和出纱方面接头，得不到支援，不能不停工。完全停工会影响一百三十多个乡下妇女的生计，因此又勉强让部分工作继续下去。照袜厂发展说来，三千块钱做起，四年来已扩大到一百多万。这个小小事业且供给了一百多乡村妇女一种工作机会，每月可得到千元左右收入。照这个朋友计划说来，不仅已让这些乡下女人无用的手变为有用，且希望那个无用的心变为有用，因此一天到处为这个事业奔走，晚上还亲自来教这些女工认字读书。凡所触及的问题，都若无可如何，换取原料既无从直接着手，教育这些乡村女子，想她们慢慢地，在能好好地用她们的手以后还能好好地用她们的心，更将是个如何麻烦无望的课题！然而朋友对于工作的信心和热诚，竟若毫无困难不可克服。而且那种精力饱满对事乐观的态度，使我隐约看出另一代的希望，将可望如何重建起来。一颗素朴简单的心，如二奶奶本来所具有的，如何加以改造，即可成为一颗同样素朴简单的心，如这个朋友当前所表现的。当这个改造的幻想无章次地从我脑中掠过时，朋友走了，赶回袜厂中教那些女工夜课去了。

孩子们平时晚间欢喜我说一些荒唐故事，故事中一个年轻正直的好人，如何从星光接来一个火，又如何被另外一种不义的贪欲所做成的风吹熄，使得这个正直的人想把正直的心送给他的爱人时，竟迷路失足跌到脏水池里淹死。这类故事就常常把孩子们光光的眼睛挤出同情的热泪。今夜里却只把那年轻朋友和他们共做成的木车，玩得非常专心，既不想听故事，也不愿上床睡觉。我不仅发现了孩子们的将来，也仿佛看出了这个国家的将来。传奇故事在年轻生命中已行将失去意义，代替而来的必然是完全实际的事业，这种实际不仅能缚住他们的幻想，还可引起他们分外的神往倾心！

大院子里连枷声，还在继续拍打地面。月光薄薄的，淡云微月中，一切犹如江南四月光景。我离开了家中人，出了大门，走向白天到的那个地方去找寻一样东西。我想明白那个蚂蚁是否还在草间奔走。我当真那么想，因为只要在草地上有一匹蚂蚁被我发现，就会从这个小小生物活动上，追究起另外一个题目。不仅蚂蚁不曾发现，即白日里那片奇异绿色，在美丽而温柔的月光下也完全失去了。目光所及到处是一片珠母色银灰。这个灰色且把远近土地的界限和草木色泽的层次，全失去了意义。只从远处闪烁摇曳微光中，知道那个处所有村落有人。站了一会儿，我不免恐怖起来，因为这个灰色正像一个人生命的形式。一个人使用他的手有所写作时，从文字中所表现的形式。"这个人是谁？是死去的还是生存的？是你还是我？"从远处缓慢舂米声中，听出相似口气的质问。我应当试作回答，可不知如何回答，因之一直向家中逃去。

二奶奶见个黑影子猛然窜进大门时，停下了她的工作。

"疯子，可是你？"

我说："是我！"

二奶奶笑了："沈先生，是你！我还以为你是小菊，正经事不做，来吓人。"

从二奶奶话语中，我好像方重新发现那个在绿色黑色和灰色中失去了的我。

上楼见主妇时，问我到什么地方去那么久。

"你是讲刚才，还是说从白天起始？我从外边回来，二奶奶以为我是疯子小菊，说我一天正经事不做，只吓人。知道是我，她笑了，大家都笑了。她倒并没有说错。你看我一天做了些什么正经事，和小菊有什么不同。不过我从不吓人，只欢喜吓吓我自己罢了。"

主妇完全不明白我说的意义，只是莞尔而笑。然而这个笑又像平时，是了解与宽容、亲切和同情的象征，这时对我却成为一种排斥的力量，陷我到完全孤立无助情境中。在我面前的是一颗稀有素朴善良的心。十年来从我性情上的必然，所加于她的各种挫折，任何情形下，还都不会将她那个出自内心代表真诚的微笑夺去。生命的健全与完整，不仅表现于对人性情对事责任感上，且同时表现于体力精力饱满与兴趣活泼上。岁月加于她的限制，竟若毫无作用。家事孩子们的麻烦，反而更激起她的温柔母性的扩大。温习到她这些得天独厚长处时，我竟真像是有点不平，所以又说：

"我需要一点音乐，来洗洗我这个脑子，也休息休息它。普通人用脚走路，我用的是脑子。我觉得很累。音乐不仅能恢复我的精力，还可以缚住我的幻想，比家庭中的你和孩子重要！"这还是我今天第一回真正把音乐对于我意义说出口，末后一句话且故意加重一些语气。

主妇依然微笑，意思正像说："这个怎么能激起我的妒忌？

别人用美丽辞藻征服读者和听众，你照例先用这个征服自己，为想象弄得自己十分软弱，或过分倔强。全不必要！你比两个孩子的心实在还幼稚，因为你说出了从星光中取火的故事，便自己去试验它。说不定还自觉如故事中人一样，在得到火以后，又陷溺到另一个想象的泥淖中，无从挣扎，终于死了。在习惯方式中吓你自己，为故事中悲剧而感动万分！不仅扮作想象中的君子，还扮作想象成的恶棍。结果什么都不成，当然会觉得很累！这种观念飞跃纵不是天生的毛病，从整个发展看也几乎近于天生的。弱点同时也就是长处。这时节你觉得吓怕，更多时候很显然你是少不了它的！"

我如一个离奇星云被一个新数学家从第几度空间公式所捉住一样，简直完全输给主妇了。

从她的微笑中，从当前孩子们的浓厚游戏心情所做成的家庭温暖空气中，我于是逐渐由一组抽象观念变成一个具体的人。"音乐对于我的效果，或者正是不让我的心在生活上凝固，却容许在一组声音上，保留我被捉住以前的自由！"我不敢继续想下去。因为我想象已近乎一个疯子所有。我也笑了。两种笑融解于灯光下时，我的梦已醒了。我做了个新黄粱梦。

一九四三年十二月十日重写

黑
魇

　　昆明市空袭威胁，因同盟国飞机数量增多后，俨然成为过去一种噩梦，大家已不甚在意。两年前被炸被焚的瓦砾堆上，大多数有壮大美观的建筑矗起。疏散乡下的市民，于是陆续离开了静寂的乡村，重新成为城里人。当进城风气影响到我住的那个地方时，家中会诅咒猫打喷嚏的张嫂，正受了梁山伯恋爱故事刺激，情绪不大稳定，就说：

　　"太太，大家都搬进城里住去了，我们怎么不搬？城里电灯方便，自来水方便，先生上课方便，弟弟读书方便，还有你，太太，要教书更方便！我看你一天来回五龙浦跑十几里路，心都疼了。"

　　主妇不作声，只笑笑，这个建议自然不会成为事实，因为我们实无做城里人资格，真正需要方便的是张嫂。

　　过了两个月，张嫂变更了谈话方式：

　　"太太，我想进城去看看我大姑妈，一个全头全尾的好人，心真好。五年不见面，托人带了信来，想得我害病！我陪她去住住，两个月就回来。我舍不得太太和小弟，一定会回来的！"

　　平时既只对于梁山伯婚事关心，从不提起过这位大姑妈。不过从她叙述到另外一个女佣人进城后，如何嫁了个穿黑洋服的"上海人"那种充满羡慕神气，我们如看什么象征派新诗一样，有了个长长的注解，好坏虽不大懂，内容已完全明白，不好意思不让她试试机会。不多久，张嫂就换上那件灰线呢短袖旗袍、半高跟旧皮鞋，戴上那个生锈的洋金手表，脸上还敷了好些白粉，打扮得香喷喷的，兴奋而快乐，骑马进城看她的抽象姑妈去了。

　　我仍然在乡下不动，若房东好意无变化，住到战争结束亦未可知。温和阳光与清爽空气，对于孩子们健康既有好处，寄居了将近五年，两个相连接的雕花绘彩大院落，院落中的人事新陈代谢，也使我觉得在乡村中住下来，比城市还有意义。户外看长脚蜘蛛在仙人掌间往来结网，捕捉蝇蛾，辛苦经营，不惮烦劳，还装饰那个彩色斑驳的身体，吸引异性，可见出简单生命求生的庄严与巧慧。回到住处时，看看几个乡下妇人，在石臼边为唱本故事上的姻缘不偶，眼中浸出诚实热泪，又如何发誓赌咒，解脱自己小小过失，并随时说点谎话，增加他人对于一己信托与尊重，更可悟出人类生命取予形式的多方。我事实上也在学习一切，不过和别人所学的不大相同罢了。

在腹大头小的一群官商合作争夺钞票局面中，物价既越来越高，学校一点收入，照例不敷日用。我还不大考虑到"兼职兼差"问题，主妇也不会和乡下人打交道做"聚草屯粮"计划，为节约计，佣人走后大小杂务都自己动手。磨刀扛物是我二十年老本行，做来自然方便容易。烧饭洗衣就归主妇，这类工作通常还与校课衔接。遇挑水拾树叶，即动员全家人丁，九岁大的龙龙、六岁大的虎虎，一律参加。一面工作一面也就训练孩子，使他们从服务中得到劳动愉快和做人尊严。干的湿的有什么吃什么，没有时苞谷红薯当饭吃。凡是一般人认为难堪的，我们都不以为意。孩子们的欢笑歌呼，于家庭中带来无限生机与活力。主妇的身心既健康又素朴，接受生活应付生活俱见出无比的勇气和耐心，尤其是共同对于生命有个新的态度，日子过下去似乎并不如何困难。

一般人要生活，从普通比较见优劣，或多有件新衣和双鞋子，照例即可感到幸福。日子稍微窘迫，或发现有些方面不如人，设法从社交方式弥补，依然还不大济事时，因之许多高尚脑子，到某一时自不免又会悄悄地做些不大高尚的打算。许多人的聪明才智，倒常常表现成为可笑行为。环境中的种种见闻，恰做成我们另外一种教育，既不重视也并不轻视。正好让我们明白，同样是人生，可相当复杂，从复杂景象中，可以接触人生种种。具体的猥琐与抽象的庄严，它的分歧虽极明显，实同源于求生，各自想从生活中证实存在意义。生命受物欲控制，或随理想发展，只因取舍有异，结果自不相同。

我凑巧拣了那么一个古怪职业，照近二十年社会习惯称为"作家"。工作对社会国家也若有些微作用，社会国家对本人可并无多大作用。虽名为职业，然无从靠它生活。情形最为古怪处，便是这个工作虽不与生活发生关系，却缚住了我的生命，且将终其一生，无从改弦易辙。另一方面又必然迫使我超越通常个人爱憎，充满兴趣鼓足勇气去明白"人"，理解"事"，分析人事中那个常与变、偶然与凑巧、相左或相仇，将种种情形所产生的哀乐得失式样，用来教育我、折磨我、营养我，方能继续工作。

千载前的高士，抱着单纯的信念，因天下事不屑为而避世，或弹琴赋诗，或披裘负薪，隐居山林，自得其乐。虽说不以得失荣利婴心，却依然保留一种愿望，即天下有道，由高士转而为朝士的愿望。做当前的候补高士，可完全活在一个不同心情状态中。生活简单而平凡，在家事中尽手足勤劳之力打点小杂，义务尽过后，就带了些纸和书籍，到有和风与阳光草地上，来温习温习人事，思索思索人生。先从天光云影草木荣枯中有所会心。随即由大好河山的丰腴与美好，和人事上的无章次处两相对照，慢慢地从这个不剪裁的人生中，发现了"堕落"二字真正的意义，又慢慢地从一切书本上，看出那个堕落因子。又慢慢地从各阶层间，看出那个堕落因子传染浸润现象。尤其是读书人，倦于思索、怯于怀疑、苟安于现状的种种，加上一点为贤内助谋出路的打算，如何即形成一种阿谀不自重风气。……我于是逐渐失去了原来与自然对面时应得的静谧。我想呼喊，可不知向谁呼喊。

"这不成！这不成！人虽是个动物，希望活得幸福，但是人究竟和别的动物不同，还需要活得尊贵！如果少数人的幸福，原来完全奠基于一种不义的习惯，这个习惯的继续，不仅使多数人活得卑屈而痛苦，死得糊涂而悲惨。还有更可怕的，是这个现实将使下一代堕落的更加堕落，困难的越发困难，我们怎么办？如果真正的多数幸福，实决定于一个民族劳动与知识的结合，从极合理方式中将它的成果重做分配，在这个情形下，民族中的一切优秀分子，方可得到更多自由发展的机会。在争取这个幸福过程时，我们实希望人先要活得贵尊些！我们当前便需要一种'清洁运动'，必将现在政治的特殊包庇性和现代商业的驵侩气，以及三五无出息的知识分子所提倡的变相鬼神迷信，于年轻生命中所形成的势利、依赖、狡猾、自私诸倾向完全洗刷干净，恢复了二十岁左右头脑应有的纯正与清明，来认识这个世界，并在人类驾驭钢铁、征服自然才智竞争中，接受这个民族一种新的命运。我们得一切重新起始，重新想，重新做，重新爱和恨，重新信仰和怀疑……"

我似乎为自己所提出的荒谬问题愣住了。试左右回顾，身边只是一片明朗阳光，飘浮于泛白枯草上。更远一点，在阳光下各种层次的绿色，正若向我包围，越来越近。虽然一切生命无不取给于绿色，这里却不见一个人。

重新来检讨影响到这个民族正当发展的一切抽象原

则，以及目前还在运用它做工具的思想家或统治者，被它所囚缚的知识分子和普通群众时，顷刻间便俨若陷溺到一个无边无际的海洋里，把方向也迷失了。只到处见出用各式各样材料做成满载"理想"的船舶，数千年来永远于同一方式中，被一种卑鄙自私形成的力量所摧毁，剩下些破帆与碎桨在海面漂浮。到处见出同样取生命于阳光、繁殖大海洋中的简单绿色荇藻，正唯其异常单纯，便得到生命悦乐。还有那个寄生息于荇藻中的小鱼小虾，亦无不成群结伴，悠然自得，各适其性。海洋较深处，便有一群群种类不同的鲨鱼，狡狠敏捷，锐齿如锯，于同类异类中有所争逐，十分猛烈。还有一只只黑色鲸鱼，张大嘴时，万千细小蛤蚧和乌贼海星，即随同巨口张合做成的潮流，消失于那个深渊无底洞口。庞大如山的鱼身，转折之际本来已极感困难，躯体各部门，尚可看见万千有吸盘的大小鱼类，用它吸盘紧紧贴住，随同升沉于洪波巨浪中。这一切生物在海面所产生的旋涡与波涛，加上世界上另外一隅寒流暖流所产生的变化，卷没了我的小小身子，复把我从白浪顶上抛起。试伸手有所攀缘时，方明白那些破碎板片，已腐朽到全不适用。但见远外仿佛有十来个衣冠人物，正在那里收拾海面残余，扎成一个简陋筏子。仔细看看，原来载的是一群两千年未坑尽的腐儒，只因为活得寂寞无聊，所以用儒家的名分，附会谶纬星象征兆，预备做一个遥远跋涉，去找寻矿产熔铸九鼎。这个筏子向我慢慢漂来，又慢慢远去，终于消失到烟波浩渺中不见了。

试由海面向上望，忽然发现蓝穹中一把细碎星子，闪烁着细碎光明。从冷静星光中，我看出一种永恒、一点力量、一点意志。诗人或哲人为这个启示，反映于纯洁心灵中即成为一切崇高理想。过去诗人受牵引迷惑，对远景凝眸过久，失去条理如何即成为疯狂，得到平衡如何即成为法则，简单法则与多数人心汇合时如何产生宗教，由迷惑、疯狂到个人平衡过程中，又如何产生艺术。一切真实伟大艺术，都无不可见出这个发展过程和终结目的。然而这目的，说起来，和随地可见蚊蚋集团的嗡嗡营营要求的终点，距离未免相去太远了。

微风掠过面前的绿原，似乎有一阵新的波浪从我身边推过。我攀住了一样东西，于是浮起来。我攀住的是这个民族在忧患中受试验时的一切活人素朴的心。年轻男女入社会以前对于人生的坦白与热诚，未恋爱以前对于爱情的腼腆与纯粹。还有那个在城市、在乡村、在一切边陬僻壤埋没无闻卑贱简单工作中，低下头来的正直公民、小学教师或农民，从习惯中受侮辱、受挫折、受牺牲的广泛沉默。沉默中所保有的民族善良品性，如何适宜培养爱和恨的种子！

强烈照眼阳光下，蚕豆小麦做成的新绿，已掩盖了远近赭色田亩。面对这个广大的绿原，一端衔接于泛银光的滇池，一端却逐渐消失于蓝与灰融合而成的珠色天际，我仿佛看到一些种子，从我手中撒去，用另外一种方式，在另外一时同样一片蓝天下形成的繁荣。

有个脆弱而充满快乐情感的声音，在高大仙人掌丛后锐声呼唤：

"爸爸，爸爸，快回来，不要走得太远，大家提水去！"

我知道，我的心确实走得太远，应当回家了。

原来那个六岁大的虎虎，已从学校归来，准备为家事服务了。

孩子们取水的溪沟边，另外一时，每当晚饭前后，必有个善于弹琴唱歌聪明活泼的女子，带了他到那个松柏成行的长堤上去散步，看滇池上空一带如焚如烧的晚云和镶嵌于明净天空中梳子形淡白新月，共同笑乐。

这个亲戚走后，过不久又来了一个生活孤独性情淳厚的诗人朋友，依然每天带了他到那里去散步。朋友为娱乐自己并娱乐孩子，常把绿竹叶片折成的小船，装上一点红白野花、一点玛瑙石子，以及一点单纯忧郁隐晦的希望和孩子对于这个行为的痴愿与祝福，乘流而去。小船去不多远，必为溪中洑流或岸旁下垂树枝做成的旋涡搅翻。在诗人和孩子心中，却同样以为终有一天会直达彼岸。生命愿望凡从星光虹影中取决方向的，正若随同一去不复返的时间，渐去渐远，纵想从星光虹影中寻觅归路，已不可能。

晚饭时，从主妇口中才知道家中半天内已来过好些客人。甲先生叙述一阵贤明太太们用变相高利贷"投资"的故事，就走了。乙太太叙述一阵家庭小纠纷问题，为自己丈夫做了个不美观画像，也走了。丙小姐和丁博士又报告……

主妇笑着说："他们让我知道许多事情，可无一个人知道我们今天卖了几升麦子才能过年。"

我说："我们就活到那么一个世界中，也是教育，也是战争！"

"我倒觉得人各有好处，从性情上看来，这些朋友都各有各的好处。……"

"这话从你口中说出时，很可以增加他们一点自尊心，若果从我笔下写出，可就会以为是讽刺了。许多人过日子的方法、一生的打算，以至于从自己口中说出的话语，都若十分自然，毫不以为不美不合式。且会觉得在你面前如此表现，还可见出友谊的信托和那点本性上的坦白天真。可是一到由另一个人照实写下来，就不免成为不美观的讽刺画了。我容易得罪人在此。这也就是我这支笔常常避开当前社会、去写传奇故事的原因。一切场面上的庄严，从深处看将隐饰部分略做对照，必然都成为漫画。我并不乐意做个漫画家！实在说来，对于一切人的行为和动机，我比你更多同情。我从不想到过用某一种标准去度量一般人，因为我明白人太不相同。不幸是它和我的工作关系又太密切，所以间或提及这个差别时，终不免有点痛苦，企图中和这点痛苦，反而因之会使这些可爱灵魂痛苦。我总以为做人和写文章一样，包含不断的修正，可以从学习得到进步。尤其是读书人，从一切好书取法，慢慢地会转好。事实上可不大容易。真如×说的，'蝗虫集团从海外飞来，还是蝗虫。'如果是虎豹呢，即或只剩下一牙一爪，也可见出这种山中猛兽的特有精力和雄强气魄！不幸的现代文化便培养了许多蝗虫。"

　　主妇一遇到涉及人的问题时，照例只是微笑。从微笑

中依稀可见山"察渊鱼者不祥"一句格言的反光，或如另
一时论起的，"我即使觉得他人和我理想不同，从不说；
你一说，就糟了。你自以为深刻的，可想不到在人家容易
认为苛刻。他们从我的沉默中，比由你文章中可以领会更
多的同情"。

我想起先前一时在田野中感觉到的广泛沉默，因此又
说："沉默也是一种难得的品德，从许多方面可以看得出
来。因为它在同情之外，还包含容忍，保留否定。可是这
种品德是无望于某些人的。说真话，有些人不能沉默的表
现上，我倒时常可以发现一种爱娇，即稍微混合一点做作
亦无关系。因为大都本源于求好，求好心太切，又缺少自
信自知，有时就不免适得其反。许多人在求好行为上摔
跤，你亲眼看到，不作声，就称为忠厚；我看到，充满善
意想用手扶一扶，反而不成！虎虎摔跤也不欢喜人扶的！
因为这伤害了他的做人自尊心！"

孩子们见提到本身问题，龙龙插嘴说："妈妈，奇
怪，我昨天做了个梦，梦到张嫂已和一个人结婚，还请我
们吃酒。新郎好像是个洋人。她欢喜洋人？"

小虎虎说："可是洋人说她身体长得好看，用尺量
过？洋人要哄张嫂，一定也去做官。"

龙龙的好奇心转到报纸上："报上说大嘴笑匠到昆明来了，是什么人？是不是在联大演讲的林语堂？"

虎虎还想有所自见："我也做了个梦，梦见四姨坐只大船从溪里回来，划船的是个顶熟的人。船比河大。诗人舅舅在堤上，拍拍手，口说好好，就走开了。我正在提水，水桶上那个米老鼠也看见了，当真的。"

虎虎的作风是打趣争强，使龙龙急了起来："唉咦！小弟，你又乱来。你就只会捣乱，青天白日也睁了双大眼睛做梦！"

"一切愿望都神圣庄严，一切梦想都可能会实现。"我想起许多事情。好像前面有了一副涂满各种彩色的七巧板，排定了个式子，方的叫什么，长的象征什么，都已十分熟悉。忽然被孩子们四只小手一搅，所有板片虽照样存在，部位秩序可完全给弄乱了。原来情形只有板片自己知道，可是板片却无从说明。

小虎虎果然正睁起一双大眼睛，向虚空看得很远。海上复杂和星空壮丽，既影响我一生，也会影响他将来命运。为这双美丽眼睛，我不免稍稍有点忧愁。因此为了他说个佛经上驹那罗王子的故事：

"……那王子一双极好看的眼睛，瞎了又亮了。就和你眼睛一样，黑亮亮的，看什么都清清楚楚；白天看日头不映眼，夜间在这种灯光下还看得见屋顶上小疟蚊。为的是做人正直而有信仰，始终相信善。他的爸爸就把那个紫金钵盂，拿到全国各处去。全国各地年轻美丽女孩子，听说王子瞎了眼睛，为同情他受的委屈，都流了眼泪。接了大半钵这种清洁眼泪，带回来一洗，那双眼睛就依旧亮光光的了！"

主妇笑着不作声，清明目光中仿佛流注一种温柔回答："从前故事上说，王子眼睛被恶人弄瞎后，要用美貌女孩子纯洁眼泪来洗，才可重见光明。现在的人呢，要从勇敢正直的眼光中得救。"

我因此补充说："小弟，一个人从美丽温柔眼光中，也能得救！譬如说……"

孩子的心被故事完全征服了，张大着眼睛，对他母亲十分温驯地望着：

"妈妈，你的眼睛也亮得很，比我的还亮！"

一九四三年十二月末一日作于云南呈贡

白魇

为了工作，我需要清静与单独，因此长住在乡下，不知不觉就过了五年。

乡下居住一久，和社会场面都隔绝了，一家人便在极端简单生活中，送走连续而来的每个日子。简单生活中又似乎还另外有种并不十分简单的人事关系存在，即从一切书本中，接近两千年来人类为求发展争生存种种哀乐得失。他们的理想与愿望，如何受事实束缚挫折，再从束缚挫折中突出，转而成为有生命的文字，这个艰苦困难过程，也仿佛可以接触。其次就是从通信上，还可和另外环境背景中的熟人谈谈过去，和陌生朋友谈谈未来。当前的生活，一与过去未来连接时，生命便若重新获得一种意义。再其次即从少数过往客人中，见出这些本性善良欲望贴近地面可爱人物的灵魂，被生活压力所及，影响到义利取舍时是什么样子，同样对于人性若有会于心。

这时节，我面前桌子上正放了一堆待复的信件和几包刚从邮局取回的书籍。信件中提到的，不外战争带来的亲友死亡消息，或初入社会年轻朋友与现实生活迎面时对于社会所感到的灰心绝望，以及人近中年，从诚实工作上接受寂寞报酬，一面忍受这种寂寞，一面总不免有点郁郁不平。从这种通信上，我俨然便看到当前社会一个断面，明白这个民族在如何痛苦中接受时代所加于他们身上的严酷试验，社会动力既决定于情感与意志，新的信仰且如何在逐渐生长中。倒下去的生命已无可补救，我得从复信中给活下的他们一点光明希望，也从复信中认识认识自己。

二十六岁的小表弟黄育照，在华容为掩护部属抢渡，救了他人救不了自己，阵亡了。同时阵亡的还有个表弟聂清，为写文章讨经验，随同部队转战各处已六年。还有个做军需的子和，在嘉善作战不死，却在这一次牺牲了。

"……人既死了，为做人责任和理想而死，活下的徒然悲痛，实在无多意义。既然是战争，就不免有死亡！死去的万千年轻人，谁不对国家前途或个人事业有光明希望和美丽的梦？可是在接受分定上，希望和梦总不可免在不同情况中破灭。或死于敌人无情炮火，或死于国家组织上的脆弱，二而一，同样完事。这个国家，因为前一辈的不振作，自私而贪得，愚昧而残忍，使我们这一代为历史担负那么一个沉重担子，活时如此卑屈而痛苦，死时如此糊涂而悲惨。更年轻一辈，可有权利向我们要求，活得应当像个人样子！我们尽这一生努力，来让他们活得比较公正合理些，幸福尊贵些，不是不可能的！"

一个朋友离开了学校将近五年，想重新回学校来，被传说中昆明生活愣住了。因此回信告诉他一点情况。

"……这是一个古怪地方，天时地利人和条件具备，然而乡村本来的素朴单纯，与城市习气做成的贪污复杂，却产生一个强烈鲜明对照，使人十分痛苦。湖山如此美丽，人事上却常贫富悬殊到不可想象程度。小小山城中，到处是钞票在膨胀、在活动。大多数人的做人兴趣，即维持在这个钞票数量争夺过程中。钞票越来越多，因之一切责任上的尊严与做人良心的标尺，都若被压扁扭曲，慢慢失去应有的完整。正当公务员过日子都不大容易对付，普通绅商宴客，却时常有熊掌、鱼翅、鹿筋、象鼻子点缀席面。奇特现象最不可解处，即社会习气且培养到这个民族堕落现象的扩大。大家都好像明白战时战后决定这个民族百年荣枯命运的，主要的还是学识，教育部照例将会考优秀学生保送来这里升学。有钱人子弟想入这个学校肄业，恐考试不中，且乐意出几万元代价找替考人。可是公私各方面，就似乎从不曾想到这些教书十年二十年的书呆子，过的是种什么紧张日子。本地小学教员照米价折算工薪，水涨船高。大学校长收入在四千左右，大学教授收入在三千法币上盘旋，完全近于玩戏法的，要一条蛇从一根细小绳子上爬过。战争如果是个广义名词，大多数同事，就可说是在和一种风气习惯而战争！情形虽够艰苦，但并不气馁！日光多，在日光之下能自由思索，培养对于当前社会制度怀疑和否定的种子，这是支持我们情绪唯一的撑柱，也是重造这个民族品德的一点转机！"

……

这种信照例写不完，乡下虽清静却无从长远清静，客人来了，主妇温和诚朴的微笑，在任何情形中从未失去。微笑中不仅表示对于生活的乐观，且可给客人发现一种纯挚同情，对人对事无邪机心的同情，使得间或从家庭中小小拌嘴过来的女客人，更容易当成个知己，以倾吐心腹为快。这一来，我的工作自然停顿了。

凑巧来的是胖胖的×太太，善于用演戏时兴奋情感说话，叙述琐事能委曲尽致，表现自己有时又若故意居于不利地位，增加点比本人年龄略小二十岁的爱娇。喉咙响，声音大，一上楼时就嚷：

"××先生，我又来了。一来总见你坐在桌子边，工作好忙！我们谈话一定吵闹了你，是不是？我坐坐就走！真不好意思，一来就妨碍你。你可想要出去做文章？太阳好，晒晒太阳也有好处。有人说，晒晒太阳灵感会来。让我晒太阳，就只会出油出汗！"

我不免稍微有点受窘，忙用笑话自救："若是找灵感，依我想，最好倒是听你们谈天，一定有许多动人故事可听！"

"××先生，你说笑话。……你别骂我，千万别把我写到你那大作中！他们说我是座活动广播电台，长短波都有，其实——唉，我不过是……"

我赶忙补充："一个心直口快的好人罢了。你若不疑心我是骂人，我常觉得你实在有天才，真正的天才。观察事情极仔细，描画人物兴趣又特别好。"

"这不是骂我是什么！"

我心想，不成不成，这不是议会和讲坛，决非舌战可以找出结论。因此忽略了一个做主人的应有礼貌，在主妇微笑示意中，离开了家，离开了客人，来到半月前发现"绿魔"的枯草地上了。

我重新得到了清静与单独。

我面前是个小小四方朱红茶几，茶几上有个好像必须写点什么的本子。强烈阳光照在我身上和手上，照在草地上和那个小小本子上。阳光下空气十分暖和，间或吹来一阵微风，空气中便可感觉到一点从滇池送来冰凉的水气和一点枯草香气。四周景象和半月前已大不相同：小坡上那一片发黑垂头的高粱，大约早带到人家屋檐下，象征财富之一部分去了。待翻耕的土地上，有几只呆呆的戴胜鸟，已失去春天的活泼，正在寻觅虫蚁吃食。那个石榴树园，小小蜡黄色透明叶片，早已完全落尽，只剩下一簇簇银白色带刺细枝，点缀在一片长满萝卜秧子新绿中。河堤前那个连接滇池的大田原，极目绿芜照眼，再分辨不出被犁头划过的纵横赭色条纹。河堤上那些成行列的松柏，也若在三五回严霜中，失去了固有的俊美，见出一点萧瑟。在暖和明朗阳光下结队旋飞自得其乐的蜉蝣，更早已不知死到何处去了。

我于是从面前这一片枯草地上，试来仔细搜寻，看看是不是还可发现那些彩色斑驳金光灿烂的小小甲虫，依然能在阳光下保留原先的从容闲适，于草梗间无目的地漫游，并充满游戏心情，从弯垂草梗尖端突然下坠。结果自然全失望。一片泛白的枯草间，即那个半月前爬上我手背若有所询问的黑蚂蚁，也不知归宿到何处去了。

阳光依旧如一只温暖的大手，从亿万里外向一切生命伸来。除却我和面前的土地，接受这种同情时还感到一点反应，其余生命都若在"大块息我以死"态度中，各在人类思索边际以外结束休息了。枯草间有着放光细劲枝梗带着长穗的狗尾草类植物，种子散尽后，尚依旧在微风中轻轻摇头，俨若在阳光下表示，生命虽已完结，责任犹未完结神气。

天还是那么蓝，深沉而安静，有灰白的云彩从树林尽头慢慢涌起，如有所企图地填去了那个明蓝的苍穹一角。随即又被一种不可知的力量所抑制，在无可奈何情形下，转而成为无目的的驰逐。驰逐复驰逐，终于又重新消失在蓝与灰相融合做成的珠母色天际。

　　大院子同住的人，只有逃避空袭方来到这个空地上。我要逃避的，却是地面上一种永远带点突如其来的袭击。我虽是个写故事的人，照例不会拒绝一切与人性有关的见闻，可是从性情可爱的客人方面所表现的故事，居多都像太真实了一点，待要把它写到纸上时，反而近于虚幻想象了。

　　另一时，正当我们和朋友商量一个严重问题时，一位爱美而热忱、长于用本人生活抒情的×太太，如一个风暴突然侵入。

　　"××先生（向一位陌生客人说），你多大年纪？怎么总不见老？我从四川回来，人都说我老了，不像从前那么一切合标准了。（抚摩自己丰腴的脸颊）我真老了，我要和我老×离婚，让他去和年轻女人恋爱，我不管。我喝咖啡多了睡不好觉，会失眠。（用茶匙搅和咖啡）这墙上的字真好，写得多软和，真是龙飞凤舞。（用手胡乱画些不大容易认识的草字）人老了真无意思。我要走了。明早又还得进城，……真气人。"×太太话一说完，当真就走了。只留下一场飓风来临后的气氛在一群朋友间，虽并不见毁屋拔木，可把人弄得糊糊涂涂。

　　这种人为的飓风去后许久，主客之间还不免带剩余惊悸，都猜想：也许明天当真会有什么重大变故要发生了？结果还亏主妇用微笑打破了这种沉闷。

"×太太为人心直口快，有什么说什么。只因为太爱好，凡事不能尽如人意，琐琐家务更多烦心，所以总欢喜向朋友说到家庭问题。其实刚才说起的事，不仅你们不明白，过一会儿她自己也就忘记了。我猜想，明天进城一定是去吃酒，不会有什么别的问题的！"大家才觉得这事原可以笑笑，把空气改变过来。

温习到这个骤然而来的可爱风暴时，我的心便若失去了原有的静谧。

我因此想起了许多事，如彼或如此，在人生中十分真实，且各有它存在的道理，巴尔扎克或契诃夫，笔下都不会轻轻放过。可是这些事在我脑子中，却只做成一种混乱印象，俨若一页用失去了时效的颜色胡乱涂成的漫画。这漫画尽管异常逼真，但实在不大美观。这算个什么？我们做人的兴趣或理想，难道都必然得奠基于这种猥琐粗俗现象上，且分享活在这种事实中的小小人物悲欢得失，方能称为活人？一面想起眼前这个无剪裁无章次的人生，一面想起另外一些人所抱的崇高理想，以及理想在事实中遭遇的限制、挫折、毁灭，不免痛苦起来。我还得逃避，逃避到一种抽象中，方可突出这个无章次人事印象的困惑。

我耳边有发动机在高空搏击空气的声响。这个是一种简单音乐，单纯调子中，实包含有千年来诗人的热情幻想与现代技术的准确冷静，再加上战争残忍情感相糅合的复杂矛盾。这点诗人美丽的情绪，与一堆数学上的公式、三五十种新的合金，以及一点现代战争所争持的民族尊严感，方共同做成这个现象。这个古怪拼合物，目前原在一万公尺以上高空中自由活动，寻觅另外一处飞来的同样古怪拼合物，一到发现时，三分钟的接触，其中之一就必然变成一团火焰向下飘坠。这世界各处美丽天空下，每一分钟内差不多都有这种火焰一朵朵在下坠。我就还有好些小朋友，在那个高空中，预备使敌人从火焰中下坠，或自己挟带着火焰下坠。

当高空飞机发现敌机以前，我因为这个发现，我的心，便好像被一粒子弹击中，从虚空倏然坠下，重新陷溺到更复杂人事景象中，完全失去方向了。

忽然耳边发动机声音重浊起来，抬起头时，便可从明亮蓝空间，看见一个银白放光点子，慢慢地变成了一个小小银白十字架。再过不久，我坐的地方，面前朱红茶几，茶几上那个用来写点什么的小本子，有一片飞机翅膀的阴影掠过，阳光消失了。面前那个种有油菜的田圃，也暂时失去了原有的嫩绿。待阳光重新照临到纸上时，在那上面，我写了两个字："白魇"。

一九四四年，写于昆明

青色魇

青

　　半夜猛雨，小庭院变成一片水池。孩子们身心两方面的活泼生机，于是有了新的使用处。为储蓄这些雨水，用作他们横海扬帆美梦的根据地，大忙特忙起来了。小鹤嘴锄在草地上纵横开了几道沟，把积水引导到大水沟后，又设法在低处用砖泥砌成一道堤坝。于是半沟黄浊浊泥水中，浮泛了各式各样玩意儿：木条子、沙丁鱼空罐头、牙膏盒、硬纸板，凡在水面漂动的统统就名叫作"船"，并赋予船的抽象价值和意义。船在水手搅动脏水激起的旋涡里陆续翻沉后，压舱的一切也全落了水。照孩子们说的，即"宝物全沉入海底"。这一来，孩子们可慌了。因为除掉他们自己日常用的小玩具外，还有我书桌上一个黄杨木刻的摆夷小马、做镇纸用的澳洲大宝贝、刻有蹲狮的镀金古铜印，自然也全部沉入海底。照传说，落到海底的东西即无着落，几只小手于是更兴奋地在脏水中搅动起来。过一会儿，当然即得回了一切，重新分配，各自保有原来的一份。然而同时却有一匹手指大的翠绿色小青蛙不便处置。这原是一种新的发现。若系平时，未必受重视，如今恰好和打捞宝物同时出水，为争夺保有这小生物，几只手又有了新的搅水机会。再过不久，我的面前就有了一双大眼睛，黑绒绒的长睫毛下酿了一汪热泪，来申诉委屈了。抓起两只小手看看，还水淋淋的。一只手中是那个刚从大海中救回四寸高的小木马，一只手就捏住那匹刚从大海中发现的小青蛙。摊开小手掌时，小生物停在掌中心，恰如一只绿玉琢成的眼睛。

"根本是我发现的，哥哥不承认……于是我们就战争了。他故意浇水到我眼睛里，还说我不讲道理。我呢，只浇一点水到他身上，并不多。"

我心想："是的，你们因为如此或如彼，就当真战争起来了，很兴奋、认真，都以为自己和真理同在。正犹如世界上另外一处发生的事。这世界，一切原只是一种象征！"不由得不苦笑了。我说："嗨嗨，小虎虎，战争不是好事情。不要为点点事情就战争！不许哥哥浇脏水到眼睛中去，好看的眼睛自然要好好保护它才对。可是你也不必哭，女孩子的眼泪才有用处！你可听过一个大伙儿女人在一块流眼泪的故事？……"

所有故事都从同一土壤中培养生长，这土壤别名"童心"。一个民族缺少童心时，即无宗教信仰，无文学艺术，无科学思想，无燃烧情感实证真理的勇气和诚心。童心在人类生命中消失时，一切意义即全部失去其意义，历史文化即转入停顿、死灭，回复中古时代的黑暗和愚蠢，进而形成一个较长时期的蒙昧和残暴，使人类倒退回复吃人肉的状态中去。

白

凡是冒险事情都使人兴奋，可是最能增加见闻满足幻想的，却只有航海。坐了一只船向远无边际的海洋中驶去时，一点接受不可知命运所需要的勇敢和寄托于这只船上所应有的荒谬希望，可以说，把每个航海的人都完全变了。那种不能自主的行止，以及与海上陌生事务接触时的心情，都不是生根陆地的人所能想象的。他将完全如睁大两眼做一场白日梦，一直要回到岸上才能觉醒。他的冒险经验，不仅仅将重造他自己的性情和人格，还要影响到别的更多人的兴趣和信仰。

就为的是冒险，有那么一只海船，从一个近海码头启碇，向一个谁也想象不到的彼岸进发了。这只船行驶到某一天后，海上忽然起了大风。船在大海中被风浪簸荡，真像是小水塘中的玩意儿，被顽童小手搅动后情景。到后自然是船翻了，船上人千方百计从各处找来的宝物，全部落了水。船上所有人也落了水。可是就中却有一个冒险者和他特别欢喜的一匹白马，同被偶然而来的一个海浪，送到了岛屿的岸边。就岛上种种光景推测，背海向内地走去，必然会和人碰头。必须发现人，这种冒险也才有变化，有结束。唯一的办法，自然就是骑了这匹白马向内陆进发，完成这种冒险的行程。

这匹马长得多雄骏！骨象和形色，图画上就少见。全身白净，犹如海滩上的贝壳。毛色明净光莹处，犹如碧空无云天上的满月，如阿耨达池中的白莲花。走动时轻快不费力气，完全像是一阵春天的好风。四脚落地的均匀节奏，使人想起千年前历史上那个第一流鼓手，这鼓手同时还是个富于悲剧性的聪明皇帝，会恋爱又懂音乐，尤其欢喜玩羯鼓，在阳春三月好风光里，鼓声起处，所有含苞欲吐的花树，都在这种节奏微妙鼓声中次第开放。

白马正驰过一片广阔平原，向一个城市走去。装饰平原到处是各种花果的树林。花开得如锦绣堆积，红白黄紫，各自竞妍争美。点缀在树枝上的果子，把树枝压得弯弯的，过路人都可随意采摘。大路两旁用作行路人荫蔽的嘉树，枝叶扶疏，排列整齐，犹如受过极好训练的军队。平原中到处还有各式各样的私人花园别墅，房屋楼观都各有匠心，点缀上清泉小池，茂树奇花。五色雀鸟在水边花下和鸣，完全如奏音乐。耳目接触，使人尽忘行旅疲劳和心上烦忧。城在平原正中，用半透明玉石砌成，五色琉璃做缘饰，皎洁壁立，秀拔出群，犹如一座经过削琢的冰山。城既在平原上，因之从远处望去时，又仿佛一阵镶有彩饰的白云，凭空从地面涌起。城市的伟大和美丽，都已超过一切文学诗歌的形容，所以在任何人的眼目中，也就十分陌生。

这城原来就是历史上最著名的阿育王城，这一天且是传说中最动人的一天。这个冒险者骑了他的白马，到得城中心时，恰好正值城中所有年轻秀美尚未出嫁女孩子，集合到城中心大圆场上，为同一事件而哀哭。各自把眼泪聚集入金、银、玉、贝、珊瑚、玛瑙等七宝做成的小盒中，再倾入一个紫金钵盂里。

一切见闻都比梦境更荒唐不可思议，然而一切却又完全是事实。事实增加冒险者的迷惑，不知从何取证。冒险者更觉得奇异，即问明白，使得这些年轻美貌女孩子的哭泣，原来是为了另一个陌生男子一双眼睛的失明。

黄

阿育王是历史上一个最贤明的国王，既有了做国王所应有的智慧和仁爱、公正与诚实，因之凡做国王所需要的一切——权势和尊荣、财富和土地、良善人民和正直大臣，也无不完全得到。但是就中有一点缺陷，即年近半百还无儿子。一个国王若没有儿子，在历史上留下的记载，必然是国中有势力的大族，趁这个国王老去时，因争夺继承，不免发生叛变和战争，国力由消耗而转弱，使敌国怨家乘隙侵入，终于亡国灭祀。为避免历史悲剧的重演，唯一方式即采用宗教仪式向神求子。阿育王本不信神，但为服从万民希望，不得已和皇后莲花夫人同往国内最大神庙祝祷许愿，并往每一神像前瞻礼致敬。庄严烦琐的仪式完毕，回到别院休息时，忽闻有驹那罗鸟在合欢树上歌呼。阿育王心想："若生儿子，一双眼睛应当如驹那罗鸟眼俊美有神，方足威临八方。"回宫不久，皇后果然就有了身孕。足月时生产一男孩，满房都有牛头楠檀奇异馥郁香气，长得肥白健壮，有三十二相，八十种好。尤其使阿育王夫妇欢喜的，就是那双眼睛，完全如驹那罗鸟眼睛。因到神庙去还愿酬神，并在神前为太子取名"驹那罗"。总管神庙的先知，预知这个太子的眼睛和他一生命运大有关系，能带来无比权势，也能带来意外不幸，就为阿育王说"眼无常相"法，意思是：

"凡美好的都不容易长远存在，具体的且比抽象的还更脆弱。美丽的笑容和动人的歌声反不如星光虹影持久，这两者又不如某种素朴观念信仰持久。英雄的武功和美人的明艳，欲长远存在，必与诗和宗教情感结合，方有希望。但能否结合，却又是出于一种偶然，因人间随时随处都有异常美好的生命或事物消失，大多数即无从保存。并非事情本身缺少动人悲剧性，缺少的只是一个艺术家或诗人的情绪，恰巧和这个问题接触。必接触，方见功。这里'因缘'二字有它的庄严意义，'信仰'二字也有它的庄严意义。记住这两个名词对人生最庄严的作用，在另外一时就必然发生应有的作用。"

这种法语似乎相当深晦，近于一切先知的深晦，阿育王自然也只能理解一小部分，其余得从事实证明。

说过后，先知即把佛在生时沿门乞食的紫金钵盂，送给阿育王，并嘱咐他说："这东西对王子驹那罗明天大有用处。好好留下，将来可以为我说的预言做证。"

金

驹那罗王子在良好教育和谨慎保护下慢慢长大。到成年时，一切传说中王子的好处，无不具备。一双俊美眼睛，则比一切诗歌所赞美的人神眼睛还更明亮更动人。国中所有年轻美丽女孩子，因为普遍对于这双眼睛发生了爱情，多锁住了她们的爱情，迟延了她们的婚姻。驹那罗自己也因这双出奇的眼睛和多少人的希望与着迷，始终不好意思和任何一个女子成婚。

按照当时的风俗，阿育王宫中应当有一万妃子，而且每一位妃子入宫因缘，都必然有一种特征和异象。最后一个入宫的妃子，名叫真金夫人。全身是紫金色，光华煜煜，且有异香，稀世少见。当时有婆罗门相师为王求妃，聘请国内名师高手，铸就一躯金像，雄伟奇特，辇行全国，并高声倡言："若有端正殊妙女人，得见金神礼拜者，将以虚信，得神默佑，出嫁必得人上之人好夫婿。"全国士女，一闻消息，于是各自严整妆饰，穿锦绣衣，璎珞被体，结伴同出，礼拜金神。唯有这个女子，志乐闲静，清洁其心，独不出视。经女伴再三怂恿，方着日常敝衣，勉强随例参谒。不意一到神前，按照规仪将随身衣服脱去时，一身紫金色光明，映夺神座。婆罗门相师一见，即知唯有这个女子堪宜做妃。随即用重礼聘入王宫。这妃子不仅长得华艳绝人，且智意流通，博识今古，明辨时政，兼习术数。就为这种种原因，深得阿育王爱敬信托。然亦因此，即与驹那罗王子势难并存。推其原因，还由于爱。王妃在未入宫以前，即和国内其他女子一样，爱上了驹那罗那双眼睛。若两人相爱，可谓佳偶天成。但名分已定，驹那罗王子对之只有尊敬，并无爱情。妃子对之则由爱生妒，由妒生恨，不免孕育一点恶心种子。凡属种子，在雨露阳光中都能生长，发育滋长，结怨毒果。驹那罗有见于此，心怀忧惧，寝食难安，问计于婆罗门。婆罗门即为出主意，因此向阿育王请求出外就学。

过后不久，阿育王害了一种怪病，国内医生无法医治，宣告绝望。这事情若照国家习惯法律，三个月后，驹那罗王子即将继承王位，当国执政。聪明妃子一听这种消息，心知驹那罗王子若真当国执政，第一件事，即必然是将自己放逐出宫。因此向监国大臣宣称，她能治王怪病，"请用三个月为期，到时若无好转，愿以身殉国王，死而无怨。"一面即派人召集国内良医，并向国内各处探听，凡有和阿育王相同病症的，一律送来疗治。恰好有一女孩，病症相同，妃子即令医士用女孩做试验，吃种种药。最后吃葱，药到虫出，怪病即愈。阿育王经同样治疗，病亦得痊，因向妃子表示感激之忱，以为若有心愿未遂，必可使之如愿。妃子趁此就说："国王所有，我无不有，锦衣玉食，我无所需。由于好奇，我想做七天国王，别无所求！"既得许可，第一件事即假作阿育王一道命令，给驹那罗王子，命令上说："驹那罗王子犯大不敬，宜处死刑。今特减等，急将两眼挑出。令到遵行，不许稍缓。限期三日，回复王命。"按照习惯，这种重要文件，必有阿育王齿上印迹，才能生效。妃子趁王睡眠，盗取齿印。王在梦中惊醒，向妃子说：

"事真稀奇，我梦见一只黑色大鹫鹰，啄害驹那罗两只眼睛。"

妃子说："梦和事实，完全相反，王子安乐，何必忧心？"

妃子哄阿育王睡定，欲取齿印时，王又惊醒，向妃子说："事实稀奇，我又梦见驹那罗头发披散，面容憔悴，坐在地上哭泣。两眼成为空洞，可怕可怕！"

"梦哭必笑，梦忧则吉，卜书早已说过，何用多疑？"

妃子于是依然用谎话哄王安睡。睡眠熟时，即将齿印盗得，派一亲信仆人，乘日行七百里驿传，赍送命令，到驹那罗王子所在总督处。总督将命令转送给驹那罗王子，验看明白，相信一切真出王意，即便托人传语总督，请求即刻派人前来执行。可是全省没有人肯做这种蠢事。另悬重赏，方来一外省无赖流氓，企图赏赐报名应征。人虽无赖，究有人心，因此到执行时，迟迟不忍动手。

驹那罗王子恐误王命，鼓励他说："你勇敢点，只管下手，先挑右眼，放我手心！"一眼出后，千万人民，都觉痛苦损失，不可堪忍。热泪盈眶，如小孩哭。驹那罗王子忘却本身痛苦，反向众人多方安慰，以为同受试验，亦有缘法。两眼出后，驹那罗王子向在场人民从容宣说："美不常驻，物有成毁，失别五色，即得清净：得丧之际，因明本性。破甑不顾，事达人情，拭去热泪，各营本生！"那流氓眼见这种情形，异常感动，自觉做了一件愚蠢无以复加事情，随即转身到一大树下扼喉自杀死去。妃子亲信，即将那双眼睛，贮藏于一个小小七宝盒中，乃驰驿传，带回宫中复命。

妃子从宝盒中验看那双眼睛无误时，"驹那罗，驹那罗，你既不在人间，就应当永远埋葬在我心里！"妃子由于爱恨交缚，便把那双眼睛吞吃了。

紫

驹那罗既失去双眼，变成盲人后，不能继续学问，因此弹琴唱歌，自做慰遣。心念父亲年老，国事甚烦，虽有聪明妃子侍侧，忠直大臣辅政，究竟情形，实不明白，十分挂念。因辗转而行，沿路乞丐，还归京都。到王宫门外时，不得入宫，即在象坊中暂时寄身，等待机会。半夜中忽听两个象奴陈述国情，以及阿育王功德；奇病痊愈，得力于王妃智慧多方，代王执政七天，开历史先例。并认为一年以内，从不处罚任何臣民，以德化治，真是奇迹。驹那罗就耳中所闻证本身所受，心中疑问，不能自解，因此中夜弹琴娱心，并寄幽思。阿育王在宫中忽闻琴声，十分熟习，似驹那罗平时指法，唯曲增幽愤，如有所诉。即派人四处找寻，才从象坊一角，发现这个两眼失明王子。形容羸瘦，衣裳败坏，手足生疮，且作奇臭，完全失去本形，因问驹那罗：

"你是谁人？因何在此？有何怨苦，欲做申诉？"

"我是驹那罗，阿育王独生子。眼既失明，名只空存。我无怨苦，不欲申诉，唯念父母，因此归来！"

阿育王一听这话，譬如猛火烧心，迷闷伤损，即刻昏倒地下。用水浇洒，苏醒以后，把驹那罗抱在膝上，一面流泪一面询问："你眼睛本似驹那罗眼，俊美温柔，燃着清光，明朗若星，才取本名。如今一无所有，应做何等称呼？什么人害你，心之狠毒，到这样子！你颜色这么辛苦憔悴，我实在不忍多看。赶快——向我说个明白，我必为你报仇。"

驹那罗说："爸爸，你不必忧恼。事有分定，不能怨人，我自造孽，才有今天！三月前得你命令，齿印分明，说我犯大不敬，于法应诛，将眼挑出，贷免一死。既有王命，证据分明，何敢违逆？"

阿育王说："我可发誓，并无这种荒悖命令。此大罪恶，必加追究，得个水落石出，我方罢休！"

一经追究，如理泉水，随即知道本源。真金夫人因爱生妒，因妒生毒，毒害之心滋长繁荣，于是方有如彼如此不祥事件发生。供证分明，无可辩饰，阿育王一身火发，因向妃子厉声斥骂说："不吉恶物，何天容汝，何地载汝。你心狠毒，真如蛇蝎，蜇人至毒，死有余辜，不自陨灭，天意或正有待！"因此即刻把这妃子监禁起来，准备用胡胶紫火烧杀后，再播扬灰烬于空中水中，使之消失，表示人天共弃。

阿育王因思往事，想起过去种种，先知所说眼无常相法，即有预言。又想起那个紫金钵盂，及先知所谓"因缘""信仰"等意义，当即派一大臣，把那紫金钵盂带到大街通衢人民荟萃热闹处所，向国人宣示驹那罗王子所遭不幸经过。"本身失明，犹可摸索，循墙而走，不至倾跌。一国失明，何以做计？"都人士女，闻此消息，多如突闻霹雳，如呆如痴，迷闷怅惘，不知自处。至若年轻妇女，更觉心软如蜡，难以自持。加之平昔对其爱慕，更增悲酸。日月于人，本非嫡亲，一旦失明，人即如发狂痫，敲锣击钵，图做挽救。今驹那罗王子，两目丧失，日夜不分，对于青春鲜华美丽自信女子，如何能堪？因此齐集广场，同申哀痛。热泪盈把，湮注小盒，盒盒充足，转注紫金钵盂。不一时许，钵盂中清泪满溢。阿育王忧戚沉痛，手捧钵盂，携带驹那罗王子，同登一坛台上，朗朗向众宣示：

"眼无常相，先知早知，因爱而成，逢妒而毁，由忧生信，从信生缘。我儿驹那罗双眼已瞎，人天共见。今我将用这一钵出自国中最纯洁女子为同情与爱而流的纯洁眼泪，来一洗驹那罗盲眼。若'信仰'二字犹有意义，我儿驹那罗双眼必重睹光明，亦重放光明；若'信仰'二字，早已失去其应有意义，则盲者自盲，佛之钵盂，正同瓦缶，恰合给我儿驹那罗作叫花子乞讨之用！"

当众一洗之后，四方围观万民，不禁同声欢呼："驹那罗！"原来这些年轻女子为一种单纯共同信仰，虔诚相信盲者必可得救。愿心既十分单纯真诚，人天相佑，奇迹重生，驹那罗一双眼睛，已在一刹那间回复本来，彼此互观，感激倍增。全城女子，因此联臂踏歌，终宵欢庆。

探险者目睹这回奇迹，第一件事，即将那匹白马献给阿育王，用表尊敬。至于驹那罗王子呢，第一件事，即请

求国王赦免那一位美貌非凡才智过人、用不得其正的妃
子，从胡胶紫火中把她救出。

黑

我那小木马，重新又放到书桌边，成为案头装饰品之
一了。房屋尽头远近水塘，正有千百拇指大小青蛙鸣声聒
耳。试数我桌上杂书，从书页上折角估计，才知道我看过
了《百缘经》《鸡尸马王经》《阿育王经》《付法藏
经》……

眼前一片黑，天已入暮，天末有一片紫云在燃烧。一
切都近于象征。情感原出于一种生命的象征，离奇处是它
在人生偶然中的结合，以及结合后发展而成的完整形式。
它的存在实无固定性，亦少再现性，然而若于一个抽象名
词上去求实证时，"信仰"却有它永远的意义。信仰永
存。我们需要的是一种明确而单纯的新的信仰，去实证同
样明确而单纯的新的愿望。共同缺少的，是一种广博伟大
悲悯真诚的爱，用童心重现童心。而当前个人过多的，却
是企图用抽象重铸抽象，那种无结果的冒险。社会过多
的，却是企图由事实继续事实，那种无情感的世故。

想象的紫火在燃烧中，在有信仰的生命里继续燃烧中。在我生命里，也在许多人生命里。待毁灭的是什么？是个人不纯粹的爱和恨，还是另外一种愚蠢和困惑？我问你。

摘星录

——绿的梦

天气暑热。夜静以后，宅院中围墙过高，天空中虽有点微风，梳理着院中槐树杨柳的枝梢，院中依然有白日余热未尽退去。

廊下玉簪花香而闷人。院北小客厅窗帷是绿色，灯光也是绿色。客厅角有个白色冰箱，上面放一小方白纱巾，绣了三朵小绿花。有一个绿色罐头。（一把崭新的启罐头用白钢器具，把子也是绿的。）近临窗前一个小小桌子，米色桌布上有个小小银色绿漆盘，画有金漆彩画，颜色华丽悦目。

桌旁有四把小小靠椅，单纯的靠背，轻俏而美观。椅上米色绢绸垫子绣绿花，一串绿色长管形花，配置得非常雅致。

　　房中绿色，显山主人对于这个颜色的特殊爱好，犹如一个欧洲人对东方黄和紫色的爱好。主人是个长眉弱肩的女子，年龄从灯光下看来，似乎在二十五六岁，因为在窗内的风度，显得轻盈快乐中还有一份沉静，出于成熟女子习惯上的矜持。若从野外阳光下看来，便像是只有二十三四岁了。这时节正若有所等待，心不大安定，在这个小客室中小椅上坐下来复站起来，拉拉窗帘，又看看屋角隅那个冰箱，整理一下椅垫。又用一方小小白手巾抹抹那个金漆盘子。熄了一个浅绿灯光，又开了一个带米色罩子的小灯。一切仿佛业已安排就绪后，才忽然记起一件事情，即自己得整理整理，赶忙从客厅左侧走进里间套房去。

　　对墙边长镜把脸上敷了一点黄粉，颊辅间匀了薄薄一点朱。且从一个小小银盒中取出一朵小小银梗翠花钿，斜簪在耳后卷发间。对镜子照了一会儿，觉得镜中人影秀雅而温柔，艳美而媚，眉毛长，眼睛光，一切都天生布置得那么合适，那么妥帖，便情不自禁地笑了一笑，用手指对自己影子指着像是轻轻地说："你今天生日?"又把手指拨着下唇，如一个顽皮女孩子神气。复觉得手指长了点，还需要戴个什么方能调和，又从另外一个较大银盒里许多戒指中挑选出一个翡翠绿戒指，戴在中手指上。手白而柔，骨节长，伸齐时关节处便显出有若干微妙之小小窝旋，轻盈而流动。指甲上不涂油，却淡红而有珍珠光泽，如一列小小贝壳。腕白略瘦，青筋潜伏于皮下，隐约可见。

　　天气热，房中窗口背风，空气不大流畅觉微有汗湿。因此将纱衣掀扣解去，将颈部所系的小小白金链缀有一个小小翠玉坠子轻轻拉出，再将贴胸纱背心小扣子解去，用小毛巾拭擦着胸部，轻轻地拭擦，好像在某种憧憬中，开了一串百合花，她想笑笑。瞻顾镜中身影，颈白而长，肩部微凹，两个乳房坟起，如削玉刻脂而成，上面两粒小红点子，如两粒香美果子。记起《圣经》中所说的葡萄园，不禁失笑。又复侧身望着自己肩背，用大粉扑轻轻扑上一点粉。正对镜恋爱着自己身影，做着一些不大端重的痴想，闻前院侧门边铃子响，知道有人来了，匆忙将玉坠子放入。扣好衣扣，理了理发边那个鬓鬅点翠花钿，在嘴上轻微涂了一点红，便匆匆走出去。拉开小客厅帘子时，客人原来已进到前院侧门海棠树下。心中微怯，一切好像不大自然。

　　客人似乎也有相同情形。为的是这种约会前，一时各有一个信，信中多使用了抒情句子，天气或者又太热了点，因此大家都不免有点矜持，在不甚自然中笑笑。微笑中主人和客人轻轻握了一下手，表示欢迎。主人看看手表，去约定时候相差约四分钟。想起昨天客人来信上写的一些话语，脸重新觉得稍稍有点发热。且似乎预感到今天空气不大相同，在这种接待下，一定还有些新鲜事情发生。但主人很自信，以为自己十分镇静，礼貌原是使人安全的东西。她一切完全如平时，以礼自持。与客人互相保持在一种不可言说的敬畏之忱中。

这点尊敬处即可使她处境十分平安，不至于有何意外。她觉得这么接待这个客人，正如同把客人和自己放在诗歌和音乐中，温柔而高尚。不过，事实上她还是有点怯场，有点慌张。行为中见得比平时矜持得多。

让客人进到客厅后，不请客人坐下，就去取冰箱中的饮料。客人在灯光下微笑着。互相都说了一句"天气真热"，用作自解。因为两人都感觉在信中话说多了一点，对面时，反而有点忸怩。客人年龄还不到三十岁，在经验中只是读了许多书，知道许多恋爱故事，可并不曾如此受一个女人款待过。

客人微笑着，瞅着灯光下绿纱裹定的风度幽雅的身子、秀弱的颈肩、略略收束的腰身、线极柔和清雅的双

188

腿，以及一双白足，穿着草鞋式露趾鞋子，只觉得入目无不异常妥帖，恰到好处。头上一望即知为新近收拾过的，发际那朵小翠花，还是特意在今晚上为欢迎客人而戴上的。想起信中所写的话语，转觉文字粗俗，不免有点唐突西子。想找一句话救救自己，苦无聪明得体话可说，因此说：

"不要费事，我口不渴的。"

主人回身时，恰恰如明白客人的意思，也是在自救。因此嫣然一笑。正是客人所期待的一笑。大家都似乎轻松得多了。

主人说："天气真热，白天这房子简直受不了。一大片冰都融化了！"

"北方的七月，就是这个样子。我不渴，不要忙。我喝点白水就行了。不加什么好——加点葡萄汁也好——"客人同时却又自言自语地说，"花开了。"什么花？他不大知道，也不追问下去，反而问主人：

"你不出门？"

"天气太热，出门也受罪。害你远远地从东城跑来，夜里路上会有点风吧。"

"天安门马缨花开得很好。很香。"

"马缨花叫夜合，夜间开吗?"

"我说白天开得好。"客人似乎有点窘，怕主人知道他等不及天夜就已经过西城，等来等去天夜了，才敢来见她。因此额上略有一点汗。

主人注意到时便说："要擦擦手罢，天太热了。"

"不要不要，这时好多了。你这里院子真静，好得很。"话说到这里时，其时正听到□□街口的电车声和□□一带市声。声音远远的，虽挟有强烈的街市灯光和热气，和这个院子竟究离得很远。

客人心上拘束得到解除时，游目四瞩，小小房子中无一不绿。主人体会到客人的目光正注意到自己身上，由上而下，停顿在胸部一会儿，以为是自己忘了将衣扣扣好，急忙用手整理了一下衣襟。客人目光向下一点，又停顿到另一处时，主人稍稍有点不大自然，把腿并拢去一点，拉了一下衣角。"喝杯水吧，天气热，这两天我就一天只想喝水!"于是为客人倒了一玻璃杯水，自己也倒了半杯。客人不即喝，自己倒很快地把水喝完了。喝过水后，用小手绢拭拭嘴唇，端端正正坐在客人对面，意思像是说："准备好了，我们谈天罢。"两人当真就开始谈天起来。

房中闷热而香。可不是花香。客人以为是百合花。

"你这里花真香，淡淡的，使我想到海边一种小蓝花，不知名称，长在崖石上。"又说，"周先生他们一家到北戴河去，什么时候才回来？有信来吗？你不欢喜到海边，怎么不上山去住？西山好；——其实海边也好。黄昏时，到海边听细浪咬着沙滩，带咸味的风吹到脸上头发上，使人发生幻想。若有座小小白木房子，孤单单地在海边岩石上，一个人日子过下去，一定可以受到一种很好的教育……不过一个人也许比两个人好。"本来意思是说两个人，话有了矛盾，说的不是所要说的，因此举起杯子来也喝了一口水，"好得很。"称赞的是水还是人？主人心里明白。

一切素朴而清雅，在灯光下令客人想起一些故事，又荒唐又美丽，只有一个故事或一个神话才会有的情节。可是这不比写信，可以大胆地写去、谨慎地修辞。客人要说的还是海，以及海边那个白木房子，房中简单而清洁，毫无装饰。

只近窗口一个扁扁瓶子，插了一把蓝色勿忘我草或是一把淡红色剪秋罗，床上白被单子上却撒满了野花，为的是好给一个美丽的肉体躺在上面，一树果子，一片青草，一个梦；一种荒唐到不可想象艳丽温柔的梦！客人有点乱起来了，话说不下去，又喝了一点水，转口来赞美当前事实上的客厅中布置。"你这里收拾得太雅了，人到了这里，会觉得自己的俗气。你看这个窗子就恰到好处——一切都恰到好处。颜色那么单纯，那么调和，华贵中见出素朴，如一首诗，一首陶诗。然而所咏的倒是春天，草木荣长，水流潺湲，很容易想起阳春二三月，草与花同色……"这诗末了是"攀条折香花，言是欢气息"，说下去怕唐突主人，所以不再称引，却说，"怎么，你这里花真香，是什么花?"希望主人不懂，主人却清清楚楚，因为房中并没有什么花，香的是粉和发上香水被热气所蒸发时味道。主人笑了。

"你倒像在作诗。有什么美? 东西都不值钱，一切将就。都是我自己做的，为省钱，不是天生爱朴素! 我倒喜欢那个窗纱，是去年故宫买来的。还是乾隆年织造姓曹的进贡的，说不定就是做《红楼梦》那个曹雪芹的父亲——书上的贾政。真的倒有意思!"

"绿色调子强，本来难配合。你会调度，绿上加点黑，就软多了。"

"周家老太笑我是个蛤蟆投胎，她大小姐是蒸螃蟹投胎，因为我欢喜绿，她欢喜红，螃蟹要蒸熟才红。可惜这里得不到芭蕉，有芭蕉我要在窗下种十棵，荫得房中更绿。过一过蛤蟆精的瘾。"

"那当然好。"

"好就不像陶诗了!"

"管他桃子李子,总之是诗。这个色调使人联想起青梅如豆,绿肥红瘦。……记得绿罗裙,处处怜芳草。"

"你倒真像个诗人!联想生着翅膀,到处可飞去。"

"你外边院子是不是有一树梅花?我记得到一个地方,看过一大树绿萼梅,总想不起是在什么地方。记忆力真糟。"

"法源寺庙里有大树梅花,你一定看过,不然就是做梦了。"

"不是梦,不是梦。我记得很清楚,又似乎很远,又像很近。"

主人咮地笑了。怎么想不起来?因为半年前在这个客厅里就看到了一盆绿萼梅,还将花比人说了两句不大得体的话。事情远在天边,也就近在眼前,何尝会善忘到这种样子?

主人起身去屋角小楠木柜子里取点糖果。客人于是依然用目光抚着那个优美的后身,只觉得异常舒适。然而同时也有点不安。纱衣极薄,极贴身。糖果到桌上时,是绿银色纸包裹的。各自吃了一粒糖，很好吃；各自喝了点水，水冰凉；各自看了对方一眼，眼中都有笑意。

"读书吗？看什么书？"客人见椅旁长条子花梨琴桌上有两本书，顺手取来一看，温飞卿集子。另外有两本银红色封面杂志，拿来顺手一翻，一九三〇年摄影年选，一个意大利人摄的一个女子的全身相，光明洁净，如星如虹，肩腰以下柔和如春云，双乳如花，手足如大自然巧匠用玉粉和奶酥所捏塑而成。客人有点惊讶样子。情不自禁自言自语：

"真美丽，美到这种样子，不愧杰作。看起来令人引起崇高感觉。"所赞美的对象是摄影者还是造物主？是那个图像还是另外一种东西？客人自己也像是不大明白。

主人却懂得那个意思，有点存心不良。然而这是男孩子的好处，虽近于冒失，并不十分讨厌。

她觉得不便回答客人，又不便离开，因此拿着那个玻璃杯喝水，用杯子遮掩着自己的脸，好像如此一来就不用理会当前问题。

客人说："你看看，多美！"

不得已装作在艺术家面前凡事毫不在乎神气，来同看那摄影。且装作毫无所谓地说："外国人实在会照相，照人照风景都美得很。这女孩子长得好看，年纪像是很轻，不会过二十岁。"玻璃杯又上了口。

"中国人也好看！"

客人望着主人的脸侧面，知道脸有点发烧。望着胸部，知道气紧了一点。话似乎不曾听到，因此客人又赞美那个影子："太美了，"又说，"你看也觉得美吗？"

"怎么不觉得美？"

客人放下了那个，"我还以为自己很美的人，照例不大知道自己的美，且再也不会觉得另外的美。因为'美'对于她已不必外求，便无意义可言。"

"那些自命为美人的，也许是这个样子。"

"你呢？"

"我又不是个美人，所以——不同一点。"

"你不是很美吗？有人称你是……"

"那倒是一种新闻，先前从不听谁说过。"

"不听人说的事情多着，你总以为是有意阿谀，带点防卫情感，不相信。不相信似乎人就安全一点。是不是？我不说你听也好。"

"不。不说我也知道。一定有一半是骂我骄傲和虚浮。"

"恰恰相反。"

"那一定就是说我像个傻子。因为骄傲相反常常是个傻子。"

客人不好意思说下去了，只是笑，等待主人自己接下去。

主人却觉得这么谈下去不成，赶快给倒了一点凉水到杯子里。"口不渴吗？我一天老想喝水，一个人可喝两大瓶。一连那么三个月，我会变成一只水獭！"

客人重新拿起那本摄影杂志，翻了一页，又是一个女子的照相，法国人摄的，身体比前一个略胖，眉目中微有羞怯意思，羞怯中见出妩媚和贞洁的混合。"你瞧，这个，简直……"

不得不装作大方样子再来瞧瞧，且装作一个大方男子的神气，对那人相加以批判："好看，就是胖了一点，是不是？"

"南方春天的雪，很丰满，随时都可溶解到一种暖热中，或是在阳光中，或是在热情中。取光真巧妙，好像是灯光下照的。"

"你怎么知道是灯光下照的？我倒看不出。"

"你看，不但是灯光下照的，而且羞怯处还是第一回似的神气也照出来了。你看那神气。羞怯是同生疏有关系的。"

主人不知如何回答下去了，因此又起身取水，自己觉得有点轻微的扰乱，但依然很自信。想用话岔开，苦无话可说。一面倒水一面便问："到公园去坐船吗？你不是欢喜游泳吗？欢喜水吗？"

"我欢喜到海边去，可怕到公园那个游泳池去游泳。上礼拜有一天我陪个朋友去看看，上百人挤在一处打架似的。可是倒看到一种奇迹，有个女人在那里，跳水游水姿势都极优美，像受过很好训练的。穿了件橘红浴衣，离水时，身材和你一个样子，好看得很，我还以为是你，想照个相，又不熟识。"

主人不便说什么好，为的是这种阿谀是在每一句话中都看得出所称赞的不是游泳池那个人。因此只是笑笑，不作声。心想："熟识了也不成！"为掩饰自己弱点起见，却把那册摄影杂志拿在手上翻出另外一幅来。照的是一对小小白色山羊，神情柔驯而生机洋溢，并排站在草地上。"这一对小羊，才真有诗意！"

客人望望却转望着另外一对立在黎巴嫩平冈上的小白羊，轻轻地说："的确，真是诗。"眼睛里柔和而忧郁。

"多美丽！"且轻轻地叹息，大多数人在称赞某物某事，感觉语言被噤、无可形容时所惯用的叹息。

主人轻轻地说："你欢喜它吗？"

"好得很。"

"这一个本子里我也顶欢喜这一幅。羊本身就讨人欢喜。"

"所以《圣经》上用羊来形容人身体最美部分。"

主人感觉到却装作不曾听清楚，把杂志合拢了。

轻轻松了一口气，如已经从一个不大安全境地中脱逃而出："羊实在可爱，柔驯而乖觉，给人印象是稚弱，然而却又富有生命。沉默，然而什么都懂。"

客人笑了，点点头："是的，因此东方诗人用羊比女子，西方诗人也用羊比女子，为的是世界上女人的好处，美德或美貌，风度都同羊差不多！"而且说到这个时，客人正把那意大利的杰作重新翻出，手指有心无意似的恰恰压在那人像的乳房上，"两只白羊，在草地上放牧——是诗，诗就是从这个地方来的，不只像诗。"眼睛对主人望着，仿佛目光正爱抚着主人的目光。沉静中微感纷乱。

主人却避开了这种接触，转望着桌上漆盘中的糖果，思量如何脱出这种不大安全的空气，请客人吃颗糖，拈起那个盘子。

"吃颗糖，选那圆的好。味道不太甜，软一点，你不欢喜软一点吗？"

客人把糖衣除去后，糖作淡红色，客人轻轻地把那粒糖投到嘴里去，轻轻地吮着啮着，仿佛保存在口中的并不是一粒糖，只是另外一种什么东西。一切感觉中最纤细处，象征与意义，主人似乎都明白，心中有点不大自在。

预备把杯中剩余的水倒去时，手起始被捉住了，有一点抖。客人完全无心似的说："谢谢，不用费事。我自己来。"捏着那只手时，客人的大手也有一点抖。又说："谢谢你。"为感觉主人的手很柔和，很暖，微微有一点汗，似乎不甚挣扎，客人反而把手移开了。

主人因此起身向冰箱边走去，预备取点水果。客人跟着起了身。然而主人却俨然预感到这么不大妥当，即刻将果子取出，放到桌上，自己就坐下了。"请坐，吃一点，杨梅还好，是燕京送来的。我用药水洗了三次，吃了，不会出毛病。"很显然的，她开始有了点窘迫，想把话岔开到普通问题上去，谈谈故宫的古物或别的事情，可是不成。盘中没有刀，不能切橘子。为寻找刀子第二次到柜边拉开那小门时，客人已站立在她身后了，一转身，手即触着了客人宽阔胸部，脸发了烧，还想装作自然神气，好像说"不用开玩笑，还是坐下来谈谈天好"，可办不到。想说话，开口不得。

声音很柔和："我有刀子，不用找了！"

不理会他，想再回身去找刀子时，客人由背后伸出了两只手，把手搁在那个柜子上，围住了主人。"我不要吃橘子，不用找罢。"意思却像是"不用逃脱罢，你看已经捉住了"。

灯光很柔和很静。

主人觉得这变化稍微快了一点。有点粗暴。至少在手续上比预想到的简略了些，事情很陌生。然而她并不如何惊惧，至少在客人面前她还能努力把那点惊惧情绪压抑下去，做成泰然坦然样子："坐下来谈谈好。"可是不成，客人即同意坐下谈谈，也不知如何坐下了。面已对面，互相都有点窘迫，都知道空气变了，行将有些什么事情发生。一切行将发生的事，即或不是命令的，至少也近于人为而必然如此或如彼的。

客人说："看到我的信了吗?"

"看见了，谢谢你使用的辞藻，诗人的话总是一天花雨。"

　　"一天花雨，也不常开，也不常落！你以为不是我诚实的感觉吗？"

　　"不。我应当相信是诚实的。我不惑疑过朋友，只是用到称赞我的地方，我明白我还不够那么完美。"

　　"那我应当谢谢你。"

　　"应当谢谢你，因为写了那么多。"

　　在客人纤细感觉中，从主人微笑里，似乎看出一点"美言不信"的神气，因此就说："本来文字是个拙笨工具，要表现一个美丽的印象，以及这美丽印象反映到另一个人心中，所引起的珍贵感觉，保留下来的一个青春不老的影子，这种种情形文字是无用处的。有时节甚至于诗歌也无用。这件事只有音乐办得到。可是，像你今夜那么美丽，把我放到这种空气中，就是音乐，也不成功！"

　　"我们坐下来说好吗？"

　　客人听到这个要求，手并不移开，继续说："今夜你太美了。"嘴唇颤抖，"不好赞美，因为语言是多余的。"客人为自己一句话弄软弱了，手下垂了。

　　主人摇摇头，苦笑了一笑，眼睛不即离开客人的眼睛。从客人眼光中她看出了一点风暴的征兆，风暴前期暂时的平静，以及随同这短期平静继之而来的沸腾。她有点害怕起来。重复摇摇头，意思好像说："不成，不成。"随即忽然向侧面溜开了身子，走向通后房的甬道去了。稍去又即回身站在甬道门边，轻轻地说："请坐一坐，喝杯水，我洗个手就来。对不起。"

去了一会儿。客人先是慢慢地坐下来，自嘲似的做了一个苦笑，拍打着自己两只柔软大手掌，像是一个赌徒下注以后输尽了袋中所有时情形，"完了，什么都完了！"可是脑子似乎倒反而先前一时静了许多，比下注以前安静而简单。而且他知道最后一颗骰子还在碗中旋转，他且不急于看到这骰子固定后的结果，把温柔乡集子翻了翻。其实并不久，却已耐不住了。心上翻腾起来了。

情绪起了旋涡，脑子很重，喝了一杯水，还是不成，小客厅向后院走去时，还得经过一个小小甬道。客人觉得必须把这一粒旋转不定的骰子固定在碗里，最后一张牌早早翻出，因此整了整衣领，随即向甬道走去。在甬道转角处正见主人带了一个小小包袱走来，迎面时不免显得着了一惊，惶遽将手中物交给客人，且惶遽地说："这是个画册，有几个明人扇面，还不坏。你请坐坐，我就来。"本已是取画册出来看看，转变空气，见客人神色不大对，就即刻回身向后院洗手间走去，砰的一声门已关上了。

客人待了一会儿，旋即挟着画册依然走去，好像为一种命定的方式走尽甬道，转入后院。廊下一个方形罩子小电灯，照着院中的瓜棚，几个拳大金瓜下垂着，一排三个房间，只其中一个房间有灯光。客人向有灯光那个洗手间走去，将门轻轻推开，见主人正对墙上那个大圆镜匀粉。镜台边有一个丝织物的堆积。主人回过身来，口微微动着，意思有点嗔恼，却因气促说不出话来。客人的侵入显然出于她意想以外，所以努力作气地说："请外面坐坐！"

然而客人却沉默地走近了镜台边，放下了画册，拥着主人，望了约一秒钟后，即开始很猛烈地吻起主人那个颊边、鬓边，以及露出衣领外的颈子。末后，且想要吻那薄薄的嘴唇时，主人却左右闪避，因之复低下头隔着纱衣吻那个起伏剧烈的胸脯。

主人又恼又急，不知如何是好，气息迫促地说："不成，不成，先生，这是不成的！规矩一点，我不要你这个。我要生气了！……你出去！"

客人还是紧紧地拥着她的身子，从那两座葡萄园中，感觉果子的丰满与成熟。随即如一个宗教徒在神座前疯狂以后，支撑身心的力量一切解体，便静静地软弱无力地松了手，且蹲在主人脚边了。手抱着那一双脆弱的小腿时，叹了一口气："唉，上帝，你使我变成一个什么样子的人！"

主人用手抚着她自己额角，觉得全是汗，不知怎样办。

稍静一会儿后，客人脸荡着主人的膝部，于是发抖的嘴唇开始从膝头吻下去，到脚踵边，且举起那个美观的脚来吻着，又随即变更那个方向，逐渐上升，从膝以上而上升，仿佛一个虔诚教徒对于偶像所表示的恐慌与狂热。主人觉得事情陌生，有点害怕起来，极力挣扎脱了身，走到屋角一个白木椅凳上坐下。"你去了吧，离开我吧，你不能留在这里的！我生气了，你使人生气，你真是个疯子！……咦，不成的！"

客人说："生我的气吗？好，不妨事。我怎么不是疯子？你使人迎接你时变疯子，离开你时变傻子，你还是毫不在意。你生气，有你的理由，因为我冒犯了你。你尽管生气，骂我，轻视我，到末了你还是得承认，这只是出于爱。你使人血在心子里燃烧，你却安静得很。"

主人笑笑着："唉，够了，你可以走了。我不想你再来我这里，我怕你，不愿再见你。"话似乎说得重了点，又改口说，"你外面坐坐静一静，喝杯水，冷冷你的脑子罢。我就来的。"

"不想见我，我明天就会离开这个地方，你可自己过清静日子，接待有礼貌的朋友。"

"也是为了你自己，同你的身份相称！"

"我有什么身份？为了自己？我没有什么是自己。我只知道我如焚如烧的是为了你，为了你的爱。"

"爱应当使人聪明和体贴，不像你这个鲁莽样子。"

"我是疯子。一生中只这一回，我是傻子，有多少事由一个聪明女人看来，都是傻人做的傻事！"

"自以为说是傻子或疯子，就可以这么待朋友不讲礼貌吗？够了，你出去坐坐，我希望你对人温和点。我头痛。"

主人觉得自己并无什么生气理由，客人且明白这事不会使她如何生气，因此当客人重新跪在主人身边，吻着那个净白的圆圆的膝盖时，主人只是很悲悯地望着客人的肩部苦笑，竟不再说什么。好像那么打量着："你疯罢，让你疯这一次罢。这是你的事，不是我。"

那双秀美的脚，实在长得完整而有式样，脚掌约束在镂空白袜里，每个脚趾每一细部分，都像是由巧匠所精心美意雕琢而成的。足踝以上腿骨匀称，腿圆而脆弱，肌肤细致而润腴。膝以上尤近于一种神迹，刻玉筑脂，弱骨丰肌，文字言语，通通不足形容。因形体虽可规范，寓于形体中一种流动而不凝固的神韵，刻画与表现，恐唯有神妙美妙的音乐，可以做到。因音乐本身，即流动而永远不凝固。

冒犯由暴风狂雨的愤激，转而为淡月微云的鉴赏。迨客人将头抬起时，见主人眼波中如水湿，莹然有光。因此嘴唇与手，都如被这种莹然之光所鼓励，所奖誉，要求更多了一点。

然而不成，有了阻碍，手被另一只手制止着。凝睇摇头，示以限制，绝不许再有所进取。双腿并拢甚紧。唯即在这种争持中，加上时间，主人气息转促起来了。

久之，忽若有所不堪，亟起立想向外屋走去，以为一到客厅，这窘人情形或可望稍稍变更。唯无从客人身旁走过，只得临镜台边站定，整理发际花钿，长眉微蹙，不知何所自处。客人因此由其身后拥抱着主人，两只暖烘烘的大手轻轻地搁在主人胸前，轻轻地隔着纱衣拢抚着。

"唉，上帝，那么柔和，那么乖，这一对羊！"

主人见镜中情形，愠恼纠缪，默不作声，又似乎十分冷静，还看得很清楚客人大手背上那些毫毛。客人向之微笑，不知不觉也报以微笑。意识中只感觉到这个夜里生命有点变化，变化虽大，亦无所谓。既无哀怨，也不能说是快乐。总之有点糊涂，有点昏，说不定疯狂是可以从催眠方式转移于另外一个人的，面前客人的疯狂，很显然便在慢慢地浸入到主人灵魂里、生命里。

然而她笑不下去，双眉微蹙，如有怨意。

客人因怀着谨慎敬畏之忱，试为理了理鬓角乱发，且试为……镜中长眉益蹙，眼睑下垂如不能举起。手下行旅行着各处地方，都十分生疏。主人只觉得这只手很大，很热，很软和，主人重复摇头示意，这么下去，事情太生疏了，神经支持不住。可是已无力从客人拥抱中挣扎脱身。当客人把个暖烘烘的脸更靠近髻边时，主人头已软软地偎着了客人。嘴唇接触着了。这期间，那只暖烘烘的大手，已谨谨慎慎停顿在一个更生疏处所。一切虽生疏却极合适。具体或抽象都柔和得很。

"我不要的！"话虽那么说，意思却已含糊，因不要的还是得到了。而且还有更多的生疏事情，在逐渐中发现。

"天堂！"

"疯子！"

"疯子到了天堂！"

"就变成魔鬼了。"

"一个人到过了天堂时，变成魔鬼，随即向地狱中深处掉下去，也心甘情愿，再不必活在这个庸俗小气势利浅薄乏味的世界上做人。"

事情还在变。

主人觉得头有点昏迷，实在再也支持不下去。

"吱，你出去了吧，我不要这个。这不大好，我不高兴你这么对我。……"

"可是人疯了，你知道。这一生不会有两个相同的今天。我心里在燃烧。"

"喝杯冷水脑子就会好的。"

"应当让它燃烧成一片火焰，剩一堆灰烬。生命应当这样。吝惜，明天什么也保留不住。不如今天照这么燃烧，烧完死去。"

"吱，上帝。"

"上帝就在我身边！在我手边!"

"吱，天!"

"天在头上，很高，很远。可是天堂却就近在我面前，我不仅看见，而且触着。天堂中的树林、果子、一片青草地、一道溪流，这一切……"

"够了，我们不要这样子。你到客厅里去坐坐，等我换件衣服，洗个脸，出去玩玩吹吹风好不好?"话中带着哄求的神情。

"让那些大学生去吹风好了。"

"吱。"

"你自己瞧瞧，你今夜多美丽，多神圣! 天气热，一切花都开放了。"

"我渴得很，想喝杯水。"

"我还一身都在燃烧!"

"我不要的。"

"上帝，你告我什么是生命，什么是美，什么是你上帝精心着意安排的杰作?"

主人笑了:"是的，上帝，你也告诉我什么是杰作，一个活疯子，一个魔鬼。"

"真的，两人都是上帝的杰作，一个神，一个魔鬼，一个从天上掉下，一个从地里钻出，今天恰恰放在一处，便产生人生。七月十二日，好个吉利日子!"

"你真缠死人，你这算是什么?"

"算是罪过，由于你的美，煽起另一人的疯狂，真是人生。"

重皱着眉，轻轻地叹息，心想："天知道！"心实在软软的。"这就是生命？"生命一部分仿佛已浸进到一种无形流质里，沉下又浮起，可是无从自拔。"这是命里注定的？"欲动不大自主，然而却又身不由己正在向一个"不可知"的旋涡中流去。"怎么办？"她想，可是并不曾想要怎么办。"讨厌。"这意思是指过去、当前，还是未来？她自己也不清楚。女人情感原是那么混乱的？

九点半过了，她无章无次地想着"药水棉花……婴孩自己药片……医院……糟"。

客人呢，应当说，已经当真疯了。那么完整，那么柔软，那么香，心跳得那么紧。眉毛头发和别的地方那么一把黑，一线黑，一片黑……七重天并不太远，天宫中景物已依稀在望。看看主人手脚更柔软了，眼睛湿了，嘴唇冷了，梦呓似的反复说着："我不要的，我不要！"便同样梦呓似的回答说："是的，不要离开我，我不会离开你的！"

唱一个歌吧？有节拍无声音之歌曲，正在起始。主人轻轻地低低地叹息，连同津液跌向喉中去了，就是这歌声的节奏。主人在叹息里俨然望到虹霓和春天，繁花压枝的三月，蜂子在花上面营营嗡嗡，有所经营，微显浑浊带牛乳色的流水，在长满青草的小小田沟草际间轻轻流过，草根于无声无息中吸取水分，营养自己。某一个泽地边，是不是青草迷目，正做着无边际的延展？另外一个什么地方，是不是幽谷流泉，正润湿着溪涧边小草，开遍了小小蓝花？

水仙花花心是不是有一点黄？

水仙花神是不是完全裸体？

绿华窈窕，清香怡人，冬天在暖热的房间里才能开放的水仙花，移栽到另一个人的生命中、感觉中，也许只是一个梦？

一切自然还在变。

"唉，上帝。"

"吱，不许。我不能的。我不要的。——这一定不成的。"

"什么都成，因为生命背后有庄严和美。我要接近神，从生命中来发现神。"

"我不要发现魔鬼。"

手极温柔，虽生疏却不鲁莽。

向镜中人觑望时，目已微闭。头已毫无气力，倚在客人肩上。

心忡忡跳不止。

灯光下主人美发微乱，翠花钿掉到地上去了。眼睑下垂，秀靥翻红。仿佛有轻微叹息起于喉间，随即又跌下去了。气息迫促，耳后稍微有一片汗湿。

葡萄园的果子已成熟了，不采摘，会干枯。

雅歌说：脐圆如杯，永远不缺少调和的美酒。

波斯诗人说：腹微凸出如精美之瓷器，色白而温润，覆有一层极细茸毛。腹敛下处，小阜平冈间，又秀草丛生，作三角形，整齐而细柔，如云如丝。腿微瘦而长，有极合理想之线，从秀草间展开，一直到脚踝，式样完整。股白而微带青渍，有粒小小黑痣，有若干美妙之旋涡，如小儿脸颊边和手指关节间所有，即诗人所谓藏吻之窝巢。主人颈弱而秀，托着那个美妙头颅，微向后仰，恰如一朵百合花。胸前那个绿玉坠子，正悬垂在中间，举体皓洁，一身只那么一些点饰，更加显得神奇而艳美，不可形容。

客人目中所见，实在极其感动，因此跪到这个奇迹面前，主人不可堪这种爱抚，用两只手把他的头托起，向之苦笑，如哀其人，亦以自哀，心中似乎很觉悲伤，似乎无可奈何，软弱而无望无助，亟有待于一个人的援手。一面又似乎十分冷静，自以为始终十分冷静，眼看到这个有极好教养的年轻绅士，在面前如狂如痴，可悯可笑。

　　客人从主人眼睛中看到春天和夏天，春天的花和云的笑，夏天草木蒙茸鱼鸟跃飞的生机。且从那莹然欲泪的眼光中，看到爱怨交缚，不可分解。

　　当主人微曲着身子去捡拾跌落地上那个翠花钿时，发已散乱，客人从她趾吻起，一直吻到那个簪有翠花的鬓边。

　　主人除了默然地摇摇头，别无一语，只是听其所为。

　　心亦从狂跳中转趋沉静，只余微怯，混合在一种不习惯的羞耻本能中，然而去掉这种羞与怯，又似乎并不再远离此魔鬼，倒是更其接近这个魔鬼。因之不知如何是好，只有苦笑。

　　也同时用这种苦笑，表示一切行为并不能完全溶解自己的灵魂，一切行为都近于肉体勉强参加，并不十分热心，一切行为都可以当作被迫参加，等于游戏，事一终了，即可当成"过去"，不必保留在印象中。还自以为是个旁观者，始终保持旁观者那份冷静，静静地注意对面一个人的疯处、傻处，以及夸张处。做作的轻浮，在不甚真实情形中如何勉强保持外表，也看得清清楚楚。还自以为如此控制自己，操纵他人，有点自负。即那点女性自尊心虽在完全裸体中，也并未因当前亵渎冒犯而完全丧失。默然无语即近于这种自尊心的表现。

然而时间在重造一切，变换一切，十分钟后便不同了。

稍过，微有呻吟，且低低叹息起来，仿佛生命中有什么看不见的东西已跌落了，消失了，随同一去不复返的时间，向虚无中跌落消失了。面前一切茫然。落到什么地方为止，消失去是否还有踪迹可寻？完全无法想象。痛苦与快乐，以及加上那一点轻微呜咽，混合在一种崭新情境中。一切应当不是梦，却完全近于一个梦。

先是似乎十分谦虚，随后是一阵子迷糊。眼前转成一片黑色，口中似乎想说：

"朋友走路慢一点，太陌生了，你要把我的生命或情爱带到什么地方去呢？告给我，让我知道！我应当知道这件事！"

却只变成一片轻微的呜咽，因为到这时，两人的灵魂全迷了路。好像天上正挂起一条虹，两个灵魂各从一端在这个虹桥上渡过，随即混合而为一，共同消失在迷茫云影后。

……

沉静，生命一阵子燃烧烟焰尽后必然的沉静。在默然无语中客人跪在主人的身旁小心而微带敬惧之忱地吻其柔软四肢和全身，在每一部分嘴唇都停顿了一会儿，如一个朝谒圣地游客旅行圣地时情形一样。并为整理衣发，行为略显笨拙。主人回到镜台旁坐下，举起无力而下垂的手，轻轻捶打自己那个白额。好像得到了什么，但十分抽象。又好像失去了什么，也极抽象。理性在时间中渐渐恢复，心中软弱得很，想哭哭，又似乎不必需。心境只是空空的，空空地看着在身边整理领袖的客人。

"请你出去！你不能再到这里来。"

"我的神，这是起始，不是终结！"客人只是嘴角微微蠕动着，似乎那么说，可并未说出口。却把主人手抓近嘴边，温柔地吻着，"感谢你。"意思却像在询问："你不高兴吗？以为不该，觉得后悔吗？"

主人把两只长眉毛蹙拢，摇摇头，表示这种事决不想追究得失。只此一回，下不为例。这事已成"过去"，同别的事差不多，一经过去，就算完了。可是当客人走出这个小房中以后，主人却想起"谢谢你"三个字的意义，头伏到桌上了。心里空虚得很，无可依傍。

……

庭院极静，天空星子极多。客人已走。快要十一点钟。晚风收拾了余热，白日的炎威全部退尽。主人独自站立在院中廊下，痴望天空星子。心仿佛同天空一样，寥廓而无边，不觉得快乐也不觉得悲哀，不得亦无失。然而感觉到生命却变了。回到小客厅时，拿起那本世界摄影年选，翻了一会儿，大部分都是人体摄影。觉得世界上事似乎都差不多同样有点好笑，许多事都近乎可笑。生命的遇合，友谊情分的取与，知识或美丽，文学或艺术，都只是在习惯下产生意义。不在习惯下去思索，都是一盘沙子，一堆名词，并无多大意义。什么是美？美有什么用处？真不大懂。但她这时节事实上也并不需懂。她只记起这些名词，并不思索这些名词。

她想："什么叫作诗？文字或感觉？幻想或真实？女子或妇人？爱而不能见面那一点烦，得而不能保有那一点怨？……"

她需要休息。客厅中沙发前只剩下一盏小小灯，颜色绿而静。她坐下来轻轻地喊了一声"上帝"，意思像是另外一个地方，当真还有个上帝，在主宰一切。即她所能主宰一个人和自己本身，也还是被这个另外不可知的近于"偶然"的神一双手在调动。她所能做的，还是人的事情。至于人呢，究竟太渺小了。

……

后记：这作品的读者，应当是一个医生，一个性心理分析专科医生，因为这或许可以作为他要知道的一份报告。可哀的欲念，转成梦境，也正是生命一种形式；且即生命一部分。能严峻而诚实来处理它时，自然可望成为一个艺术品。然而人类更可哀的，却是道德的偏见使艺术品都得先在"道德"的筛孔中一筛，于是多数作品都是虚伪的混合物，多数人都生活在不可思议的平凡脏污关系里，认为十分自然，看到这个作品时，恐不免反要说一声"罪过"。好像生活本身的平常丑陋，不是罪过，这个作品美而有毒，且将教坏了人。唉，人生，多可哀的人生。今天天气实在阴沉得很，房中闷闷的，我从早点五点起始，就守在这个桌边，到这时已经将近十一点钟，什么东西都不吃。买了一小束剪春罗红花，来纪念我这个工作，并纪念这一天。现在好了，我要写的已完成了。可是到抄毕时身心都如崩如毁，正同我所写的主人送走客人以后，情形差不多，一切似乎都无什么意义，心境空虚得很。只看到对窗口破瓦沟中有白了头的狗尾草在风中摇动，知道梦已成为过去了，也许再过五十年，在我笔下还保留一个活鲜的影子，年轻读者还可从这个作品中，产生一个崇高优美然而疯狂的印象。

但是作者呢，却在完成这个工作时，即俨然已死去了。唉，人生。

时民国三十年五月十五日黄昏，李蔡周记于云南

看虹录

——一个人二十四点钟内生命的一种形式

第一节

晚上十一点钟。

半点钟前我从另外一个地方归来，在离家不多远处，经过一个老式牌楼，见月光清莹，十分感动，因此在牌楼下站了那么一忽儿。那里大白天是个热闹菜市，夜中显得空阔而静寂。空阔似乎扩张了我的感情，寂静却把压缩在一堆时间中那个无形无质的"感情"变成为一种有分量的东西。忽闻嗅到梅花清香，引我向"空虚"凝眸。慢慢地走向那个"空虚"，于是我便进到了一个小小的庭院，一间素朴的房子中，傍近一个火炉旁。在那个素朴小小房子中，正散溢梅花芳馥。

像是一个年夜，远近有各种火炮声在寒气中爆响。在绝对单独中，我开始阅读一本奇书。我谨谨慎慎翻开那本书的第一页，有个题词，写得明明白白：

"神在我们生命里。"

第二节

炉火始炽，房中温暖如春天，使人想脱去一件较厚衣服，换上另外一件较薄的。橘红色灯罩下的灯光，把小房中的墙壁、地毯和一些触目可见的事事物物，全镀上一种与世隔绝的颜色，酿满一种与世隔绝的空气。

近窗边朱红漆条桌上，一个秋叶形建瓷碟子里，放了个小小的黄色柠檬，因此空气中还有些柠檬辛香。

窗帘已下垂，浅棕色的窗帘上绘有粉彩花马，仿佛奔跃于房中人眼下。客人来到这个地方，已完全陷入一种离奇的孤寂境界。不过只那么一会儿，这境界即从客人心上消失了。原来主人不知何时轻轻悄悄走入房中，火炉对面大镜中，现出一个人影子。白脸长眉，微笑中带来了些春天的嘘息。发鬓边蓬蓬松松，几朵小蓝花聚成一小簇，贴在有式样的白耳后，俨若向人招手："瞧，这个地位多得体，多美妙！"

手指长而柔，插入发际时，那张微笑的脸便略微倾侧，起始破坏了客人印象另一个寂静。

"真对不起，害你等得多闷损！"

"不。我一点不。房中很暖和，很静，对于我，真正是一种享受！"

微笑的脸消失了。火炉边椅子经轻轻地移动，在银红缎子坐垫上睡着的一只白鼻白爪小黑猫儿，不能再享受炉边的温暖，跳下了地，伸个懒腰，表示被驱逐的不合理，难同意慢慢地走开了。

案桌上小方钟达达响着，短针尖在八字上。晚上八点钟。

客人继续游目四瞩，重新看到窗帘上那个装饰用的一群小花马，用各种姿势驰骋。

"你这房里真暖和，简直是一个小温室。"

"你觉得热吗？衣穿得太厚。我打开一会儿窗子。"

客人本意只是赞美房中温暖舒适，并未嫌太热，这时节见推开窗子，不好意思作声。

窗外正飘降轻雪。窗开后，一片寒气和沙沙声从窗口涌入。窗子重新关上了。

"我也觉得热起来了。换件衣服去。"

主人离开房中一会儿。

重新看那个窗帘上的花马。仿佛这些东西在奔跃，因为重新在单独中。梅花很香。

主人换了件绿罗夹衫，显得瘦了点。

"穿得太薄了，不怕冷吗？招凉可麻烦。药总是苦的，纵加上些糖，甜得不自然。"

"不冷的！这衣够厚了。还是七年前缝好，秋天从箱底里翻出，以为穿不得，想送给人。想想看，送谁？自己试穿穿看罢，末后还是送给了自己。"侧面向炉取暖，一双小小手伸出做向火姿势，风度异常优美。还来不及称赞，手已缩回翻翻衣角，"这个夹衣，还是我自己缝的！我欢喜这种软条子罗，重重的，有个分量。"

"是的，这个对于你特别相宜。材料分量重和身体活泼轻盈对比，恰到好处。"要说的完全都溶解在一个微笑里了。

主人明白，只报以微笑。

衣角向上翻转时，纤弱的双腿，被鼠灰色薄薄丝袜子裹着，如一棵美丽的小白杨树，如一对光光的球杖，——不，恰如一双理想的腿。这是一条路，由此导人想象走近天堂。天堂中景象素朴而离奇，一片青草，芊绵绿芜，寂静无声。

什么话也不说，于是用目光轻轻抚着那个微凸的踝骨、敛小的足胫、半圆的膝盖……一切都生长得恰到好处，看来令人异常舒服，而又稍稍纷乱。

仿佛已感觉到这种目光和遐想行旅的轻微亵渎，因此一面便把衣角放下，紧紧地裹着膝部，轻地吁了一口气。"你瞧我袜子好不好？颜色不大好，材料好。"瘦的手在衣下摸着那袜子，似乎还接着说，"材料好，裹在脚上，脚也好看多了，是不是？"

"天气一热，你们就省事多了。"意思倒是"热天你不穿袜子，更好看"。

衣角复扬起一些，"天热真省事。"意思却在回答，"大家都说我脚好看，那里有什么好看。"

"天热，小姐们鞋子也简单。"（脚踵脚趾通好看。）

"年年换样子，费钱！"（你欢喜吗？）

"任何国家一年把钱用到顶愚蠢各种事情上去，总是万万千千地花。年轻女孩子一年换两种皮鞋样子，费得了多少事!"

（只要好看，怕什么费钱？一个皮鞋工厂的技师，对于人类幸福的贡献，并不比一个 EE 厂的技师不如！）

"这个问题太深了，不是我能说话的。我倒像个野孩子，一到海边，就只想脚踢沙子玩。"（我不怕人看，不怕人吻，可是得看地方来。）

"今年新式浴衣肯定又和去年不同。"（你裸体比别的女人更好看。）

这种无声音的言语，彼此之间都似乎能够从所说及的话领会得出，意思毫无错误。到这时节，主人笑笑，沉默了。一个聪明的女人的羞怯，照例是贞节与情欲的混合。微笑与沉默，便包含了奖励和趋避的两种成分。

主人轻轻地将脚尖举举，（你有多少傻想头，我全知道！可是傻得并不十分讨人厌。）脚又稍稍向里移，如已被吻过后有所逃避。（够了，为什么老是这么傻。）

"你想不出你走路时美到什么程度。不拘在什么地方，都代表快乐和健康。"可是客人开口说的却是："你喜欢爬山，还是在海滩边散步？"

"我当然欢喜海，它可以解放我，也可以满足你。"主人说的只是"海边好玩得多。潮水退后沙上湿湿的，冷冷的，光着脚走去，无拘无束，极有意思。"

"我喜欢在沙子里发现那些美丽的蚌壳，美丽真是一种古怪东西。"（因为美，令人崇拜，见之低头。发现美接近美不仅仅使人愉快，并且使人严肃，因为俨然与神对面!）

"对于你，这世界有多少古怪东西!"（你说笑话，你崇拜，低头，不过是想起罢了。你并不当真会为我低头的。你就是个古怪东西，想想许多不端重的事，却从不做过一件失礼貌的事，很会保护你自己。）

"是的，我看到的都是别人疏忽了的，知道的好像都不是'真'的，居多且不同别人一样的。这可说是一种'悲剧'。"（譬如说，你需要我那么有礼貌地接待你吗？就我知道的说来，你是奖励我做一点别的事情的。）

"近来写了多少诗?"（语气中稍微有点嘲讽，你成天写诗，热情消失在文字里去了，所以活下来就完全同一个正经绅士一样地过日子。）

"我在写小说。情感荒唐而夸饰，文字艳佚而不庄。写一个荒唐而又浪漫的故事，独自在大雪中猎鹿，简直是奇迹，居然就捉住了一只鹿。正好像一篇童话，因为只有小孩子相信这是可能的一件真实事情，且将超越真实和虚饰这类名词，去欣赏故事中所提及的一切，分享那个故事中人物的悲欢心境。"（你看它就会明白。你生命并不缺少童话一般荒唐美丽的爱好，以及去接受生活中这种变故的准备。你无妨看看，不过也得小心！）

主人好像完全理解客人那个意思，因此带着微笑说："你故事写成了，是不是？让我看看好。让我从你故事上测验一下我的童心。我自己还不知道是否尚有童心！"

客人说："是的，我也想用你对于这个作品的态度和感想，测验一下我对于人性的理解能力。平时我对于这种能力总觉得怀疑，可是许多人却称赞我这一点，我还缺少自信。"

主人因此低下头，（一朵百合花的低垂。）来阅读那个"荒唐"故事。在起始阅读前，似乎还担心客人的沉闷，所以间不久又抬起头瞥客人一眼。眼中有春天的风和夏天的云，也好受，也好看。客人于是说："不要看我，看那个故事吧。不许无理由生气着恼。"

"我看你写的故事，要慢慢地看。"

"是的，这是一个故事，要慢慢地看，才看得懂。"

"你意思是说，因为故事写得太深——还是我为人太笨？"

"都不是。我意思是文字写得太晦，和一般习惯不大相合。你知道，大凡一种和习惯不大相合的思想行为，有时还被人看成十分危险，会出乱子的!"

"好，我试一试看，能不能从这个作品发现一点什么。"

于是主人静静地把那个故事看下去。客人也静静地看下去——看那个窗帘上的花马。马似乎奔跃于广漠无际一片青芜中消失了。

客人觉得需要那么一种对话，来填补时间上的空虚。

……太美丽了。一个长得美丽的人，照例不大想得到由于这点美观，引起人多少惆怅，也给人多少快乐!

……真的吗？你在说笑话罢了。你那么呆呆地看着我脚，是什么意思？你表面老实，心中放肆。我知道你另外一时，曾经用目光吻过我的一身，但是你说的却是："马画得很有趣味，好像要各处跑去。"跑去的是你的心! 如今又正在做这种行旅的温习。说起这事时我为你有点羞惭，然而我并不怕什么。我早知道你不会做出什么真正吓人的行为。你能够做的就只是这种漫游，仿佛第一个旅行家进到了另外一个种族宗教大庙里，无目的地游览，因此而彼，带着一点惶恐敬佩之忱，因为你同时还有犯罪不净感在心上占绝大势力。

……是的，你猜想得毫无错误。我要吻你的脚趾和脚掌，膝和腿，以及你那个说来害羞的地方。我要停顿在你一身这里或那里。你应当懂得我的期望，如何诚实，如何不自私。

……我什么都懂，只不懂你为什么只那么想，不那么做。

房中只两人，院外寂静，唯闻微雪飘窗。间或有松树上积雪下堕，声音也很轻。客人仿佛听到彼此的话语，其实听到的只是自己的心跳。

炉火已渐炽。

主人一面阅读故事，一面把脚尖微触地板，好像在指示客人："请从这里开始。我不怕你。你不管如何胡闹也不怕你。我知道你要做些什么事，有多少傻处、慌慌张张处。"

主人发柔而黑，颈白如削玉刻脂，眉眼妩媚迎人，颊边带有一小小圆涡，胸部微凸，衣也许稍微厚了一点。

目光吻着发间，发光如鬃，柔如丝绸。吻着白额，秀眼微闭。吻着颊，一种不知名的芳香中人欲醉。吻着颈部，似乎吸取了一个小小红印。吻着胸脯，左边右边，衣

的确稍厚了一点。因此说道:

"EE,你那么近着炉子,不热吗?"

"我不怕热,我怕怜!"说着头也不抬,咕咕地笑起来。

"我是个猫儿,一只好看不喜动的暹罗猫,一到火炉边就不大想走动。平日一个人常整天坐在这里,什么也不想,也不做。"

说时又咕咕地笑着。

"文章看到什么地方?"

"我看到那只鹿站在那个风雪所不及的孤独高岩上,眼睛光光地望着另一方,自以为十分安全,想不到那个打猎的人,已经慢慢地向它走去。那猎人满以为伸一手就可捉住它那只瘦瘦的后脚,他还闭了一只眼睛去欣赏那鹿脚上的茸毛,正像十分从容。你描写得简直可笑,想象不真。美丽,可不真实。"

"请你看下去!看完后再批评。"

看下去,笑容逐渐收敛了。他知道她已看到另一个篇章。

描写那母鹿身体另外一部分时,那温柔兽物如何近于一个人。

那母鹿因新的爱情从目光中流出的温柔，更写得如何生动而富有人性。

她把那几页文章搁到膝盖上，轻轻吁了一口气。好像脚上的一只袜子已被客人用文字解去，白足如霜。好像听到客人低声地说："你不以为亵渎，我喜欢看它，你不生气，我还将用嘴唇去吻它。我还要沿那个白杨路行去，到我应当到的地方歇憩。我要到那个有荫蔽处，转弯抹角处，小小井泉边，茂草芊绵，适宜白羊放牧处。总之，我将一切照那个猎人行径做去，虽然有点傻，有点痴，我还是要做去。"

她感觉地位不大妥当，赶忙把脚并拢一点，衣角拉下一点。不敢再把那个故事看下去，因此装着怕冷，伸手向火。但在非意识情形中，却拉开了火炉门，投了三块煤，用那个白铜火钳搅了一下炉中炽燃烧的炭火。"火是应当充分燃烧的！我就喜欢热。"

"看完了？"

摇摇头。头随即低下了，相互之间都觉得有点生疏而新的情感，起始混入生命中，使得人有些微恐怖。

第二回摇摇头时，用意已与第一回完全不同。不再把"否认"和"承认"相混，却表示唯恐窗外有人。事实上窗外别无所有，唯轻雪降落而已。

客人走近窗边，把窗帘拉开一小角，拂去了窗上的蒙雾，向外张望，但见一片皓白，单纯素净。窗帘垂下时，"一片白，把一切都遮盖了，消失了。象征……上帝!"

房中炉火旁其时也就同样有一片白，单纯而素净，象征道德的极致。

"说你的故事好。且说说你真的怎么捉那只鹿罢。"

"好，我们好好烤火，来说那个故事……我当时傍近了它，天知道我的心是个什么情形。我手指抚摸到它那脚上光滑的皮毛，我想，我是用手捉住了一只活生生的鹿，还是用生命中最纤细的神经捉住了一个美的印象？亟想知道，可决不许我知道。我想起古人形容女人手美如荑荑，如春葱，如玉笋，形容寒俭或富贵，总之可笑。不见过鹿莹莹如湿的眼光中所表示的母性温柔的人，一定稀奇我为什么吻那个生物眼睛那么久，更觉得荒唐，自然是我用嘴去轻轻地接触那个美丽生物的四肢，且顺着背脊一直吻到它那微瘦而圆的尾边。我在那个地方发现一些微妙之旋涡，仿佛诗人说的藏吻的窝巢。它的颊上、脸颊上，都被覆上纤细的毫毛。它的颈那么有式样，它的腰那么小，都是我从前梦想不到的。尤其梦想不到，是它哺小鹿的那一

对奶子，那么柔软，那么美。那鹿在我身边竟丝毫无逃脱
意思，它不惊，不惧。似乎完全知道我对于它的善意，一
句话不必说就知道。倒是我反而有点惶恐不安，有点不知
如何是好。我望着它的眼睛：我们怎么办？我要从它温柔
目光中取得回答，好像听到它说：'这一切由你。'不，
不，一点不是。它一定想逃脱，远远地走去，因为自由，
这是它应有的一点自由。"

　　"是的，它想逃走，可是并不走去。因为一离开那个
洞穴，全是一片雪，天气真冷。而且……逃脱与危险感觉
大有关系，目前有什么危险可言？……"

　　"你怎么知道它不想逃脱，如果这只鹿是聪明的，它
一定要走去。"

　　"是的，它那么想过了。其所以那么想，就为的是它
自以为这才像聪明，才像一只聪明的鹿应有的打算。可是
我若像它那么做，那我就是傻子了，我觉得我说的话它不
大懂，就用手和嘴唇去做补充解释，抚慰它，安静它。凡
是我能做到的我都去做。到后，我摸摸它的心，就知道我
们已熟悉了，这自然是一种奇迹，因为我起始听到它轻轻
地叹息——一只鹿，为了理解爱而叹息，你不相信吗？"

　　"不会有的事！"

"是的，要照你那么说话，绝不会有。因为那是一只鹿！至于一个人呢，比如说——唉，上帝，不说好了。我话已经说得太多了！"

相互沉默了一会儿。

"不热吗？我知道你衣还穿得太多。"客人问时随即为做了些事，也想起了些事，什么都近于抽象。

不是诗人说的，就是疯子说的。

"诗和火同样使生命会燃烧起来的。燃烧后，便将只剩下一个蓝焰的影子、一堆灰。"

二十分钟后，客人低声地询问："觉得冷吗？披上你那个……"并从一堆丝质物中，把那个细鼠灰披肩放到肩上去，"窗帘上那个图案古怪，我总觉得它在动。"事实上，他已觉得窗帘上花马完全沉静了。

主人一面搅动炉火，一面轻轻地说："我想起那只鹿，先前一时怎么不逃走？真是命运。"说的话有点近于解嘲，因为事情已经成为过去了。

沉默继续占领这个有橘红色灯光和熊熊炉火的房间。

第二天，主人独自坐在那个火炉边读一个信。

EE：我好像还是在做梦，身心都虚飘飘的。还依然吻到你的眼睛和你的心。在那个梦境里，你是一切，而我却有了你。展露在我面前的，不是一个单纯的肉体，竟是一片光辉，一把花，一朵云。一切文字在此都失去了它的性能，因为诗歌本来只能作为次一等生命青春的装饰。白色本身即是一种最高的道德，你已经超乎这个道德名词以上。

所罗门王雅哥说："我的妹子，我的鸽子，你脐圆如杯，永远不缺少调和的酒。"我第一次沾唇，并不担心醉倒。

葡萄园的果子成熟时，饱满而壮实，正象征生命待赠予，待扩张。不采摘，它也会慢慢枯萎。

我欢喜精美的瓷器，温润而莹洁。我昨天所见到的，实强过我二十年来所见名瓷万千。

我喜欢看那幅元人素景，小阜平冈间有秀草丛生，作三角形，整齐而细柔，萦回迂徐，如云如丝，为我一生所仅见风景幽秀地方。我乐意终此一生，在这个处所隐居。

我仿佛还见过一个雕刻，材料非铜非玉，但觉珍贵华丽，稀有少见。那雕刻品腿瘦而长，小腹微凸，随即下敛，一把极合理想之线，从两股接榫处展开，直到脚踝。式样完整处，如一古代希腊精美艺术的仿制品。艺术品应有雕刻家的生命与尊贵情感，在我面前那一个仿制物，依据可看到神的意志与庄严的情感。

这艺术品的形色神奇处，也令人不敢相信。某一部分微带一片青渍，某一部分有两粒小小黑痣，某一部分并有若干美妙之旋涡，仿佛可从这些地方见出上帝手艺之巧。这些旋涡隐现于手足关节间，和脸颊颈肩与腰以下，真如诗人所谓"藏热吻的小杯"。在这些地方，不特使人只想用嘴唇轻轻地去接触，还幻想把自己整个生命都收藏到里边去。

百合花颈弱而秀，你的颈肩和它十分相似。长颈托着那个美丽头颅微向后仰。灯光照到那个白白的额部时，正如一朵百合花欲开未开。我手指发抖，不敢攀折，为的是我从这个花中见到了神。微笑时你是开放的百合花，有生命在活跃流动。你沉默，在沉默中更见出高贵。你长眉微蹙，无所自主时，在轻颦薄媚中所增加的鲜艳，恰恰如浅碧色百合花带上一个小小黄蕊、一片小墨斑。……

这一切又只像是一个抽象。

第三节

这个记录看到后来，我眼睛眩瞀了。这本书成为一片蓝色火焰，在空虚中消失了。我不知什么时候离开了那个"房间"，重新站到这个老式牌楼下。保留在我生命中，似乎就只是那么一片蓝焰。保留到另外一个什么地方，应当是小小的一撮灰。一朵枯干的梅花，在想象的时间下失去了色和香的生命残余。我只记得那本书上第一句话：神在我们生命里。

我已经回到了住处。

晚上十一点半，菜油灯一片黄光铺在黑色台面上，散在小小的房间中。拭游目四瞩，这里那里只是书，两千年前人写的，一万里外人写的，自己写的，不相识同时人写的；一个灰色小耗子在书堆旁灯光所不及处走来走去。那份从容处，正表示它也是个生物，可是和这些生命堆积，却全不相干。使我想起许多读书人，十年二十年在书旁走过，或坐在一个教堂边读书讲书情形。我不禁自言自语地说："唉，上帝，我活下来还应当读多少书，写多少书?"

我需要稍稍休息，不知怎么样一来就可得到休息。

我似乎很累，然而却依然活在一种有继续性的荒唐境界里。

灯头上结了一朵小花，在火焰中开放的花朵。我心想："到火熄时，这花才会谢落，正是一种生命的象征。"
我的心也似乎如焚如烧，不知道的是什么事情。

梅花香味虽已失去，尚想从这种香味所现出的境界搜
寻一下，希望发现一点什么，好像这一切既然存在，我也
值得好好存在。于是在一个"过去"影子里，我发现了一
片黄和一点干枯焦黑的东西，它代表的是他人"生命"另
一种形式，或者不过只是自己另一种"梦"的形式，都无
关系。我静静地从这些干枯焦黑的残余，向虚空深处看，
便见到另一个人在悦乐中疯狂中的种种行为。也依稀看到
自己的影子，如何反映在他人悦乐疯狂中和爱憎取予之际
的徘徊游移中。

仿佛有一线阳光印在墙壁上。仿佛有青春的心在跳
跃。仿佛一切都重新得到了位置和意义。

我推测另外必然还有一本书，记载的是在微阳凉秋
间，一个女人对于自己美丽精致的肉体，乌黑柔软的毛
发，薄薄嘴唇上一点红，白白丰颊间一缕香，配上手足
颈肩素净与明润，还有那一种从莹然如泪的目光中流出
的温柔歌呼。肢体如融时爱与怨无可奈何的对立，感到
炫目的惊奇。唉，多美好神奇的生命，都消失在阳光
中，遗忘在时间后！一切不见了，消失了，试去追寻

时，剩余的同样是一点干枯焦黑东西，这是从自己鬓发间取下的一朵花，还是从路旁拾来的一点纸？说不清楚。

试来追究"生命"意义时，我重新看到一堆名词，情欲和爱，怨和恨，取和予，上帝和魔鬼，人和人，凑巧和相左。

过半点钟后，一切名词又都失了它的位置和意义。

到天明前五点钟左右，我已把一切"过去"和"当前"的经验与抽象，都完全打散，再无从追究分析它的存在意义了，我从不用自己对于生命所理解的方式，凝结成为语言与形象，创造一个生命和灵魂新的范本，我脑子在旋转，为保留在印象中的造型，物质和精神两方面的完整造型，重新疯狂起来。

到末了，"我"便消失在"故事"里了。在桌上稿本内，已写成了五千字。我知道这小东西寄到另外一处去，别人便把它当成"小说"，从故事中推究真伪。对于我呢，生命的残余、梦的残余而已。

我面对着这个记载，热爱那个"抽象"，向虚空凝眸来耗费这个时间。一种极端困惑的固执，以及这种固执的延长，算是我体会到"生存"唯一事情，此外一切"知识"与"事实"，都无助于当前，我完全活在一种观念中，并非活在实际世界中。我似乎在用抽象虐待自己肉体和灵魂，虽痛苦同时也是享受。时间便从生命中流过去了，什么都不留下而过去了。

试轻轻拉开房门时，天已大明，一片过去熟悉的清晨阳光，随即进到了房里，斜斜地照射在旧墙上。书架前几个缅式金漆盒子，在微阳光影中，反映出一种神奇光彩。一切都似乎极新。但想起"日光之下无新事"，真是又愁又喜。我等待那个"夜"所能带来的一切。梅花的香和在这种淡淡香气中给我的一份离奇教育。

居然又到了晚上十点钟。月光清莹，楼廊间满是月光。因此把门打开，放月光进到房中来。

似乎有个人随同月光轻轻地进到房中，站在我身后边，"为什么这样自苦？究竟算什么？"

我勉强笑，眼睛湿了，并不回过头去，"我在写青凤，聊斋上那个青凤，要她在我笔下复活。"

从一个轻轻的叹息声中，我才觉得已过二十四点钟，还不曾吃过一杯水。

三十年七月作，三十二年三月重写

怀昆明

因为战争，寄寓云南不知不觉就过了九年。初到昆明时，事有凑巧，住处即在五省联帅唐蓂赓住宅对面，湖南军人蔡松坡先生住过的一所小房子中。斑驳陆离的瓷砖上，有宣统二年建造字样。老式的一楼一底，楼梯已霉腐不堪，走动时便轧轧作声，如打量向每个登楼者有所申诉。大大的砖拱曲尺形长廊，早已倾斜，房东刘先生便因陋就简，在拱廊下加上几个砖柱。院子是个小小土坪，点缀有三人方能合抱的大尤加利树两株，二十丈高摇摇树身，细小叶片在微风中绿浪翻银，使人想起树下默不言功的将军冯异和不忍剪伐的召伯甘棠。瓦檐梁柱和树枝高处，长日可看见松鼠三三五五追逐游戏，院中闲静萧条亦可想象。这房屋的简陋情况和路东那座美轮美奂以花木亭园著名西南各省的唐公馆，恰做成一奇异的对比。若有人注意到这个对比，温习过去历史时，真不免感慨系之！原来这两所房子和推翻帝制都有关系。战事发生不久，唐公馆则已成为老米的领事馆，我住的一所，自然更少有人知道注意了。

"护国"已成一个历史名词，"反对帝制"努力也由时间冲淡，年轻人须从教科书中所加的注解，方能明白这些名词所包含的意义了。可是我住昆明九年，不拘走到什么地方去，不拘碰到的是县长委员还是赶马老汉，寒暄请教时，从对面那一位语言神气间，却总看得出一点相同意思，"喔，你家湖南，湖南人够朋友！蔡锷、朱湘溪，都是这个。"于是跷起大拇指，像是大勋章，这种包含信托、尊重以及一点爱好的表示，是极容易令人感觉到的。表示中正反映本地人对松坡先生"够朋友"的深刻良好印象。松坡先生虽死去了三十年，国人也快把他忘掉了，他的素朴风度宽和伟大人格，还好好留在云南。寄寓云南的湖南军人极多，对这种事不知做何感想。至于我呢，实异常受刺激。明白个人取予和桑梓毁誉影响永远不可分。在民族性比较上，湖南人多长于各自为战，而不易黏附团结，然而个人成就终究有种超乎个人的影响牵连存在，且通过长长的岁月，还好好存在。松坡先生在云南的建树，是值得吾人怀念，更值得湖南军人取法的。

湖南人够朋友，当然不只松坡先生。谈革命，首先还应数及老战士黄克强先生。"湖南人够朋友"这句话，就是三十五年以前孙中山先生对克强先生说的。凡熟习中国革命史的学人，都必然明白革命初期所遭遇的挫折。克服种种困难，把帝制推翻，湖南人对革命的忠诚、热忱、勇敢、负责、始终其事，实大有关系。而这点够朋友处，最先即见于中山先生和黄克强先生的友谊上，其次复见于唐蓂赓先生和松坡先生的关系上，再其次还见于北伐时代年轻军人行为上，直到八年抗战，卫国守土，更得到充分表现机会。记得民二十以前，在上海见蒋百里先生时，因为谈起湖南的兵，他就说了个关于兵的故事。他说，德国有个文化史学者，讨论民族精神时，曾把日本人加以分析，认为强韧坚实足与中国的湖广人相比，热忱明朗还不如。日本想侵略中国，必须特别谨慎小心。中国军事防线，南北两方面都极脆弱，加压力即容易摧毁。但近于天然的心理防线，头一道是山东河南的忠厚朴质，不易克服，次一道是湖南广东的热情僵持，更难处理。这个形容实伤害了日本人不可一世的骄傲自大心，便为文驳问那德国学者，何所见而云然？那德国人极有风趣，只引了两句历史上的成语作为答复："楚虽三户，亡秦必楚。"以为凡想用秦始皇兼并方式造成的局势，就终必有一天被群众起来打倒推翻。三户武力何能亡秦？居然能亡秦，那点郁郁不平有所否定的气概，是重要原因！百里先生后来还写了一本书，借用了那个德国学者口气，向多数中国人说，中国若与日本作战，一时失利是必然的。不怕败，只要不受敌人的狡诈欺骗所做成的假象蒙蔽，日本想征服中国，就不可能成功。百里先生不幸已作古，他的对于国家人民深刻信心和明智见解，以及所称引的先知预见，却已经得到证实。日本的侵略行为，在中国遭遇的最大阻碍，从长沙、常德、衡阳、宝庆的争夺战已得到极好教训。日本在中国境内的败北，是从湘省西南雪峰山起始的。日本在印缅军事的失利，敌手恰好又大多是湖南军人。提起这件事，固能增加每个湖南军人的光荣，但这光荣的代价也就不轻啰！因为虽骄傲实谨慎的日本军人，一定记忆住那个警告，忧虑大东亚独霸的好梦，会在热情僵持的湖南人面前撞碎，在湖南境内战事进行时，惨酷激烈就少见。八年苦战的结果，实包含了万千忠于国土的湖南军民生命牺牲，以及百十城市的全部毁灭。尽管如此牺牲，湖南人始终还有这点自信，即只要有土地、有人民，稍稍给以时间，便可望从一堆瓦砾上建设起更新更大的城市。可是人的损失，事实上已差不多了。不仅首当其冲的多已完事，即幸而免的老弱残余，留在断垣残瓦荒田枯井边活受罪，待着逼近的灾荒一来临，还不免在无望无助情形下陆续为死亡收拾个干干净净！灾情的严重一面是无耕具，少下田的得用多力的牲口。情形已极端严重时，方稍稍引起负责方面的注意，得到一点点救济，稍稍喘一口气。可是国库大过赈济百倍的经常担负，却是把一些待退役转业的军官收容下来，尽这些有功于国的军人，在应遣散不即遣散，待转业又从不认真为其准备转业情况中等待下去。等待什么？还不是等个机会，来把美国剩余军火，重新加以装备，在国内各地砰砰訇訇进行那个"战争"！（这种收容军官机构，据一个同乡军官说，全国约二十个，人数在十二万以上，其中至少有三分之一就是湖南人。总队长大队长且有三分之二是湖南人。）试分析一下活在这个中国谷仓边人民普遍死亡的远因近果，以及国内当前可忧虑局势的发展，我们就会明白湖南人自傲的"无湘不成军"一句话，实含有多少悲剧性！对国家，湖南人总算够朋友了。可是国家负责方面，对于这片土地上人民的当前和未来，是不是还有点责任待尽？赈济湘灾，政府方面既不大关心，湖南人还得自救。最近在云南一发动募捐，数日即已过两万万，且超过了全国募捐总记录。对湖南，云南人也总算够朋友了。可是寄寓云南的湖南人，是不是还需要从各方面努点力，好把松坡先生三十年前所建立于当地的良好友谊，加以有效地扩大，莫使它在小小疏忽中，以及岁月交替中失去？

国内局面既如此混沌，正若随时随地均可恶化。在这个情况下，许多情绪郁结待找出路的失业军人，或因头脑单纯，或因好事喜弄，自不免禁不住要做做英雄打天下的糊涂梦，只要有东西在手，大打小打无不乐意从事。然稍稍认识国家人民破碎糜烂已到何等状况下的人，对于武力与武器的使用，便明白不问大小，不能不万分谨慎小心！云南人性情坦白直爽，可供我们湖南人学习的还多。明大义，识大体，对内战深怀厌恶忧惧不为全无头脑。

适应时代，一般说来且比湖南人为强。社会睿智明达之士，眼光远大，见事深刻，对国家民主特具热忱幻念者，更不乏人。日前闻李惨案发生后，大姚李一平先生，即电云南省参议会同乡说："此事发生于昆明市中光天化日之下，实近于吾滇之耻辱。务必将其事追究水落石出，以慰死者，以明是非。"目前在云南负军事责任的为湖南人，负昆明地方治安责任的亦湖南人，如何使这件事水落石出，彻底清楚，驻滇的湖南高级军官，实有其责任和义务待尽！若事不明白，或如"一二·一"学生惨案，就以为可马马虎虎过去，也近于湖南人羞耻。

云南人多的是钱，且不少开明头脑，如湖南人建议将唐公馆买来，好好修整一番，作为云南人和湖南人对争取民主和平牺牲者一种共同努力的象征，我认为将是中国人共同拊掌的赞赏的好事。至于松坡先生所住的小小房子，湖南同乡实在也值得集资筹措，妥慎保存，留为一湘贤纪念，且可为湘滇两地人士为国事合作良好友谊的象征，每一高级湖南军官，初到云南时，如能在那小房子中住住，与当地贤豪长者相过从，就必然会为一种崇高情绪所浸润，此后对国家，对地方，对个人，知道随时随处还有多少好事可做，还有多少好事待做，西南一隅明日传给国人的消息，也自然会化灾难为祥和，只听说建设与进步，不至于依然是暴徒白昼杀人，或更大如苏北山西种种不幸！

一九四六年八月九日作完

沈从文

著

我就这样，一面看水，一面想你

一颗流星自有它来去的方向，
我有我的去处。

没有船舶不能过河，
没有爱情如何过这一生？

我就这样，一面看水，一面想你

被遗落的从文经典

透明的流水里，有他写给生命的情书

照我思索，能理解我；照我思索，可以识人。

除《边城》《湘行散记》外，值得一读再读的从文经典。

读完本书意犹未尽？
诚邀您关注"美读"微信公众号
与众多趣味相投的人一起分享生活之美